我思故我在

——周国平谈智慧和信仰

周国平 著

中国盲文出版社

图书在版编目（CIP）数据

我思故我在：周国平谈智慧和信仰（大字版）/ 周国平著.
—北京：中国盲文出版社，2013.1
ISBN 978－7－5002－4023－5

Ⅰ.①我…　Ⅱ.①周…　Ⅲ.①散文集—中国—当代
Ⅳ.①I267

中国版本图书馆 CIP 数据核字（2012）第 276143 号

我思故我在：周国平谈智慧和信仰

著　　者：周国平
策　　划：张　伟
责任编辑：贺世民
出版发行：中国盲文出版社
社　　址：北京市西城区太平街甲 6 号
邮政编码：100050
印　　刷：北京汇林印务有限公司
经　　销：新华书店
开　　本：787×1092　1/16
字　　数：175 千字
印　　张：21.75
版　　次：2013 年 3 月第 1 版　2015 年 4 月第 3 次印刷
书　　号：ISBN 978－7－5002－4023－5/I·682
定　　价：36.00 元
编辑热线：(010) 83190265
销售服务热线：(010) 83190297　83190289　83190292

序

我喜欢想人生的问题。所谓喜欢想，并不是刻意去想，而是问题自己找上来，躲也躲不掉。我对人生有太多的困惑，归结起来，无非两大类，借用佛家的话说，便是色与空。色代表情感的困惑，包括爱与孤独、男人与女人、欲与情、爱情与婚姻这一类问题。空代表生命意义的困惑，包括生与死、幸福与苦难、肉体与灵魂、世俗与神圣这一类问题。这两类问题，想来想去，到头来还是困惑，想不出一个清楚的结论。不过，想的好处是，在困惑中仿佛有了方向，困惑中的寻求形成了人的精神生活。因为色的诱惑，男人走向女人，女人走向男人，走进彼此的心灵，由色入情，于是有了爱。因为空的疑惑，人类呼唤世界之本相，呼唤神，由空入悟，于是有了哲学和宗教。人的精神生活正是在这两个方向上展开的：一是情感生活，它指向人，其实质是人与人之间的精神联系，使我们在尘世扎下根来；另一是沉思生活或信仰生活，它指向宇宙，其实质是人与宇宙之间的精神联系，使我们有了超越的追求。

我经常说，我之所以写作，是为了安顿我自己，解决我自己的困惑。我说的完全是实话。在我所写的散文中，生命意义问题和情感问题正是最常出现的主题。现在，中国盲文出版社约我选编两个散文集，分别汇辑我的哲理散文和真情散文，我觉得其思路与我的写作路数恰好相符，便欣然同意。在汉文版之后，出版社还将出版音像版和盲文版，那更是我所期待的。我一直相信，盲人有更单纯的心灵，生活在一个更本质的世界里。我愿把我的困惑和思考都交给他们，请他们用内心未被污染的智慧点拨我的困惑，校正我的思考。

周国平

目　录
Contents

第一辑　生命感悟

第二辑 灵魂守望

第三辑　人生境界

第四辑　时尚考察

第一辑　生命感悟

应该怎么生活？这是一个会令一切智者狼狈的问题。也许，一个人能够明白不应该怎么生活，他就可以算得上是一个智者了。

悲观·执著·超脱

一

人的一生，思绪万千。然而，真正让人想一辈子，有时想得惊心动魄，有时不去想仍然牵肠挂肚，这样的问题并不多。透底地说，人一辈子只想一个问题，这个问题一视同仁无可回避地摆在每个人面前，令人困惑得足以想一辈子也未必想清楚。

回想起来，许多年里纠缠着也连缀着我的思绪的动机始终未变，它催促我阅读和思考，激励我奋斗和追求，又规劝我及时撤退，甘于淡泊。倘要用文字表达这个时隐时显的动机，便是一个极简单的命题：只有一个人生。

如果人能永远活着或者活无数次，人生问题的景观就会彻底改变，甚至根本不会有人生问题存在了。人生之所以成为一个问题，前提是生命的一次性和短暂性。不过，从只有一个人生这个前提，不同的人，不，同一个人可以引出不同的结论。也许，困惑正在于这些彼此矛盾的结论似乎都有道理。也许，智慧也正在于使这些彼此矛盾的结论达成辩证的和解。

二

无论是谁，当他初次意识到只有一个人生这个令人伤心的事实时，必定会产生一种幻灭感。生命的诱惑刚刚在地平线上出现，却一眼看到了它的尽头。一个人生太少了！心中涌动着如许欲望和梦幻，一个人生怎么够用？为什么历史上有好多帝国和王朝，宇宙间有无数星辰，而我却只有一个人生？在帝国兴衰、王朝更迭的历史长河中，在星辰的运转中，我的这个小小人生岂非等于零？它确实等于零，一旦结束，便不留一丝影踪，与从未存在过有何区别？

捷克作家昆德拉笔下的一个主人公常常重复一句德国谚语，大意是："只活一次等于未尝活过。"这句谚语非常简练地把只有一个人生与人生虚无画了等号。

近读金圣叹批《西厢记》，这位独特的评论家极其生动地描述了人生短暂使他感到的无可奈何的绝望。他在序言中写道：自古迄今，"几万万年月皆如水逝、云卷、风驰、电掣，无不尽去，而至于今年今月而暂有我。此暂有之我，又未尝不水逝、云卷、风驰、电掣而疾去也。"我也曾想有作为，但这所作所为同样会水逝、云卷、风驰、电掣而尽去，于是我不想有作为了，只想消遣，批《西厢记》即是一消遣法。可是，“我诚无所欲为，则又何不疾作水逝、云卷、风驰、电掣，顷刻尽去？”想到这里，连消遣的心思也没了，真是万般无奈。

古往今来，诗哲们关于人生虚无的喟叹不绝于耳，无须在此多举。悲观主义的集大成者当然要数佛教，归结为一个“空”字。佛教的三法印，无非是要我们由人生的短促（“诸行无常”），看破人生的空幻（“诸法无我”），从而自觉地放弃人生（“涅槃寂静”）。

三

人要悲观实在很容易，但要彻底悲观却也并不容易，只要看看佛教徒中难得有人生前涅槃，便足可证明。但凡不是悲观到马上自杀，求生的本能自会找出种种理由来和悲观抗衡。事实上，从只有一个人生的前提，既可推论出人生了无价值，也可推论出人生弥足珍贵。物以稀为贵，我们在世上最觉稀少、最嫌不够的东西便是这迟早要结束的生命。这唯一的一个人生是我们的全部所有，失去它我们便失去了一切，我们岂能不爱它，不执著于它呢？

诚然，和历史、宇宙相比，一个人的生命似乎等于零。但是，雪莱说得好："同人生相比，帝国兴衰、王朝更迭何足挂齿！同人生相比，日月星辰的运转与归宿又算得了什么！"面对无边无际的人生之爱，那把人生对照得极其渺小的无限时空，反倒退避三舍，不足为虑了。人生就是一个人的疆界，最要紧的是负起自己的责任，管好这个疆界，而不是越过它无谓地悲叹天地之悠悠。

古往今来，尽管人生虚无的悲论如缕不绝，可是劝人执著人生爱惜光阴的教诲更是谆谆在耳。两相比较，执著当然比悲观明智得多。悲观主义是一条绝路，冥思苦想人生的虚无，想一辈子也还是那么一回事，绝不会有柳暗花明的一天，反而窒息了生命的乐趣。不如把这个虚无放到括号里，集中精力做好人生的正面文章。既然只有一个人生，世人心目中值得向往的东西，无论成功还是幸福，今生得不到，就永无得到的希望了，何不以紧迫的心情和执著的努力，把这一切追求到手再说？

四

可是，一味执著也和一味悲观一样，同智慧相去甚远。悲观的危险是对人生持厌弃的态度，执著的危险则是对人生持占有的态度。

所谓对人生持占有的态度，倒未必专指那种唯利是图、贪得无厌的行径。弗罗姆在《占有或存在》一书中细致入微地剖析了占有的人生态度，它体现在学习、阅读、交谈、回忆、信仰、爱情等一切日常生活经验中。据我的理解，凡是过于看重人生的成败、荣辱、福祸、得失，视成功和幸福为人生第一要义和至高目标者，即可归入此列。因为这样做实质上就是把人生看成了一种占有物，必欲向之获取最大效益而后快。

但人生是占有不了的。毋宁说，它是侥幸落到我们手上的一件暂时的礼物，我们迟早要把它交还。我们宁愿怀着从容闲适的心情玩味它，而不要让过分急切的追求和得失之患占有了我们，使我们不再有玩味的心情。在人生中还有比成功和幸福更重要的东西，那就是凌驾于一切成败福祸之上的豁达胸怀。在终极的意义上，人世间的成功和失败，幸福和灾难，都只是过眼烟云，彼此并无实质的区别。当我们这样想时，我们和我们的身外遭遇保持了一个距离，反而和我们的真实人生贴得更紧了，这真实人生就是一种既包容又超越身外遭遇的丰富的人生阅历和体验。

我们不妨眷恋生命，执著人生，但同时也要像蒙田说的那样，收拾好行装，随时准备和人生告别。入世再深，也不忘它的限度。这样一种执著有悲观垫底，就不会走向贪婪。有悲观垫底的执著，实际上是一种超脱。

五

我相信一切深刻的灵魂都蕴藏着悲观。换句话说，悲观自有其深刻之处。死是多么重大的人生事件，竟然不去想它，这只能用怯懦或糊涂来解释。用贝多芬的话说："不知道死的人真是可怜虫!"

当然，我们可以补充一句："只知道死的人也是可怜虫!"真正深刻的灵魂决不会沉溺于悲观。悲观本源于爱，为了爱又竭力与悲观抗争，反倒有了超乎常人的创造，贝多芬自己就是最好的例子。不过，深刻更在于，无论获得多大成功，也消除不了内心蕴藏的悲观，因而终能以超脱的眼光看待这成功。如果一种悲观可以轻易被外在的成功打消，我敢断定那不是悲观，而只是肤浅的烦恼。

超脱是悲观和执著两者激烈冲突的结果，又是两者的和解。前面提到金圣叹因批"西厢"而引发了一段人生悲叹，但他没有止于此，否则我们今天就不会读到他批的"西厢"了。他太爱"西厢"，非批不可，欲罢不能。所以，他接着笔锋一转，写道：既然天地只是偶然生我，那么，“未生已前非我也。既去已后又非我也。然则今虽犹尚暂在，实非我也。”于是，“以非我者之日月，误而任我之唐突可也；以非我者之才情，误而供我之挥霍可也。”总之，我可以让那个非我者去批“西厢”而供我作消遣了。他的这个思路，巧妙地显示了悲观和执著在超脱中达成的和解。我心中有悲观，也有执著。我愈执著，就愈悲观，愈悲观，就愈无法执著，陷入了二律背反。我干脆把自己分裂为二，看透那个执著的我是非我，任他去执著。执著没有悲观牵肘，便可放手执著。悲观扬弃执著，也就成了超脱。不仅把财产、权力、名声之类看做身外之物，而且把这个终有一死的“我”也看做身外之物，如此才有真正的超脱。

由于只有一个人生，颓废者因此把它看做零，堕入悲观的深渊。执迷者又因此把它看做全，激起占有的热望。两者均未得智慧的真髓。智慧是在两者之间，确切地说，是包容了两者又超乎两者之上。人生既是零，又是全，是零和全的统一。用全否定零，以反抗虚无，又用零否定全，以约束贪欲，智慧仿佛走着这螺旋形的路。不过，这只是一种简化的描述。事实上，在一个热爱人生而又洞察人生的真相的人心中，悲观、执著、超脱三种因素始终都存在着，没有一种会完全消失，智慧就存在于它们此消彼长的动态平衡之中。我不相信世上有一劳永逸彻悟人生的“无上觉者”，如果有，他也业已涅槃成佛，不再属于这个活人的世界了。

1990.10

思考死：有意义的徒劳

一

死亡和太阳一样不可直视。然而，即使掉头不去看它，我们仍然知道它存在着，感觉到它正步步逼近，把它的可怕阴影投罩在我们每一寸美好的光阴上面。

很早的时候，当我突然明白自己终有一死时，死亡问题就困扰着我了。我怕想，又禁不住要想。周围的人似乎并不挂虑，心安理得地生活着。性和死，世人最讳言的两件事，成了我的青春期的痛苦的秘密。读了一些书，我才发现，同样的问题早已困扰过世世代代的贤哲了。“要是一个人学会了思想，不管他的思想对象是什么，他总是在想着自己的死。”读到托尔斯泰这句话，我庆幸觅得了一个知音。

死之迫人思考，因为它是一个最确凿无疑的事实，同时又是一件最不可思议的事情。既然人人迟早要轮到登上这个千古长存的受难的高岗，从那里被投入万劫不复的虚无之深渊，一个人怎么可能对之无动于衷呢？然而，自古以来思考过、抗议过、拒绝过死的人，最后都不得不死了，我们也终将追随而去，想又有何用？世上别的苦难，我们可小心躲避，躲避不了，可咬牙忍受，忍受不了，还可以死解脱。唯独死是既躲避不掉，又无解脱之路的，除了接受，别无选择。也许，正是这种无奈，使得大多数人宁愿对死保持沉默。

金圣叹对这种想及死的无奈心境作过生动的描述："细思我今日之如是无奈，彼古之人独不曾先我而如是无奈哉！我今日所坐之地，古之人其先坐之；我今日所立之地，古之人之立之者，不可以数计矣。夫古之人之坐于斯，立于斯，必犹如我之今日也。而今日已徒见有我，不见古人。彼古人之在时，岂不默然知之？然而又自知其无奈，故遂不复言之也。此真不得不致憾于天地也，何其甚不仁也！"

今日我读到这些文字，金圣叹作古已久。我为他当日的无奈叹息，正如他为古人昔时的无奈叹息；而毋须太久，又有谁将为我今日的无奈叹息？无奈，只有无奈，真是夫复何言！

想也罢，不想也罢，终归是在劫难逃。既然如此，不去徒劳地想那不可改变的命运，岂非明智之举？

二

在雪莱的一篇散文中，我们看到一位双目失明的老人在他女儿搀扶下走进古罗马柯利修姆竞技场的遗址。他们在一根倒卧的圆柱上坐定，老人听女儿讲述眼前的壮观，而后怀着深情对女儿谈到了爱、神秘和死亡。他听见女儿为死亡啜泣，便语重心长地说："没有时间、空间、年龄、预见可以使我们免于一死。让我们不去想死亡，或者只把它当作一件平凡的事来想吧。"

如果能够不去想死亡，或者只把它当作人生司空见惯的许多平凡事中的一件来想，倒不失为一种准幸福境界。遗憾的是，愚者不费力气就置身于其中的这个境界，智者（例如这位老盲人）却须历尽沧桑才能达到。一个人只要曾经因想到死亡感受过真正的绝望，他的灵魂深处从此便留下了几乎不愈的创伤。

当然，许多时候，琐碎的日常生活分散了我们的心思，使我们无暇想及死亡。我们还可以用消遣和娱乐来转移自己的注意力。事业和理想是我们的又一个救主，我们把它悬在前方，如同美丽的晚霞一样遮盖住我们不得不奔赴的那座悬崖，于是放心向深渊走去。

可是，还是让我们对自己诚实些吧。至少我承认，死亡的焦虑始终在我心中潜伏着，时常隐隐作痛，有时还会突然转变为尖锐的疼痛。每一个人都必将迎来“没有明天的一天”，而且这一天随时会到来，因为人在任何年龄都可能死。我不相信一个正常人会从来不想到自己的死，也不相信他想到时会不感到恐惧。把这恐惧埋在心底，他怎么能活得平静快乐，一旦面临死又如何能从容镇定？不如正视它，有病就治，先不去想能否治好。

自柏拉图以来，许多西哲都把死亡看做人生最重大的问题，而把想透死亡问题视为哲学最主要的使命。在他们看来，哲学就是通过思考死亡而为死预作准备的活动。一个人只要经常思考死亡，且不管他如何思考，经常思考本身就会产生一种效果，使他对死亡习以为常起来。中世纪修道士手戴刻有骷髅的指环，埃及人在宴会高潮时抬进一具解剖的尸体，蒙田在和女人做爱时仍默念着死的逼近，凡此种种，依蒙田自己的说法，都是为了：“让我们不顾死亡的怪异面孔，常常和它亲近、熟识，心目中有它比什么都多吧！”如此即使不能消除对死的恐惧，至少可以使我们习惯于自己必死这个事实，也就是消除对恐惧的恐惧。主动迎候死，再意外的死也不会感到意外了。

我们对于自己活着这件事实在太习惯了，而对于死却感到非常陌生——想想看，自出生后，我们一直活着，从未死过！可见从习惯于生到习惯于死，这个转折并不轻松。不过，在从生到死的过程中，由于耳闻目染别人的死，由于自己所遭受的病老折磨，我们多少在渐渐习惯自己必死的前景。习惯意味着麻木，芸芸众生正是靠习惯来忍受死亡的。如果哲学只是使我们习惯于死，未免多此一举了。问题恰恰在于，我不愿意习惯。我们期待于哲学的不是习惯，而是智慧。也就是说，它不该靠唠叨来解除我们对死的警惕，而应该说出令人信服的理由来打消我们对死的恐惧。它的确说了理由，让我们来看看这些理由能否令人信服。

三

死是一个有目共睹的事实，没有人能否认它的必然性。因此，哲学家们的努力便集中到一点，即是找出种种理由来劝说我们——当然也劝说他自己——接受它。

理由之一：我们死后不复存在，不能感觉到痛苦，所以死不可怕。这条理由是伊壁鸠鲁首先明确提出来的。他说：“死与我们无关。因为当身体分解成其构成元素时，它就没有感觉，而对其没有感觉的东西与我们无关。”“我们活着时，死尚未来临；死来临时，我们已经不在。因而死与生者和死者都无关。”卢克莱修也附和说：“对于那不再存在的人，痛苦也全不存在。”

在我看来，没有比这条理由更缺乏说服力的了。死的可怕，恰恰在于死后的虚无，在于我们将不复存在。与这种永远的寂灭相比，感觉到痛苦岂非一种幸福？这两位古代唯物论者实在是太唯物了，他们对于自我寂灭的荒谬性显然没有丝毫概念，所以才会把我们无法接受死的根本原因当作劝说我们接受死的有力理由。

令人费解的是，苏格拉底这位古希腊最智慧的人，对于死也持有类似的观念。他在临刑前谈自己坦然赴死的理由云：“死的境界二者必居其一：或是全空，死者毫无知觉；或是如世俗所云，灵魂由此界迁居彼界。”关于后者，他说了些彼界比此界公正之类的话，意在讥讽判他死刑的法官们，内心其实并不相信灵魂不死。前者才是他对死的真实看法：“死者若无知觉，如睡眠无梦，死之所得不亦妙哉！”因为“与生平其他日夜比较”，无梦之夜最“痛快”。

把死譬作无梦的睡眠，这是一种常见的说法。然而，两者的不同是一目了然的。酣睡的痛快，恰恰在于醒来时感到精神饱满，如果长眠不醒，还有什么痛快可言？

我是绝对不能赞同把无感觉状态说成幸福的。世上一切幸福，皆以感觉为前提。我之所以恋生，是因为活着能感觉到周围的世界，自己的存在，以及我对世界的认知和沉思。我厌恶死，正是因为死永远剥夺了我感觉这一切的任何可能性。我也曾试图劝说自己：假如我睡着了，未能感觉到世界和我自己的存在，假如有些事发生了，我因不在场而不知道，我应该为此悲伤吗？那么，就把死当作睡着，把去世当作不在场吧。可是无济于事，我太明白其间的区别了。我还曾试图劝说自己：也许，垂危之时，感官因疾病或衰老而迟钝，就不会觉得死可怕了。但是，我立刻发现这推测不能成立，因为一个人无力感受死的可怕，并不能消除死的可怕的事实，而且这种情形本身更其可怕。

据说，苏格拉底在听到法官们判他死刑的消息时说道："大自然早就判了他们的死刑。"如此看来，所谓无梦之夜的老生常谈也只是自我解嘲，他的更真实的态度可能是一种宿命论，即把死当作大自然早已判定的必然结局加以接受。

四

顺从自然，服从命运，心甘情愿地接受死亡，这是斯多噶派的典型主张。他们实际上的逻辑是，既然死是必然的，恐惧、痛苦、抗拒全都无用，那就不如爽快接受。他们强调这种爽快的态度，如同旅人离开暂居的客店重新上路（西塞罗），如同果实从树上熟落，或演员幕落后退场（奥勒留）。塞涅卡说：只有不愿离去才是被赶出，而智者愿意，所以“智者决不会被赶出生活”。颇带斯多噶气质的蒙田说：“死说不定在什么地方等候我们，让我们到处都等候它吧。”仿佛全部问题在于，只要把不愿意变为愿意，把被动变为主动，死就不可怕了。

可是，怎样才能把不愿意变为愿意呢？一件事情，仅仅因为它是必然的，我们就愿意了吗？死亡岂不正是一件我们不愿意的必然的事？必然性意味着我们即使不愿意也只好接受，但并不能成为使我们愿意的理由。乌纳穆诺写道：“我不愿意死。不，我既不愿意死，也不愿意愿意死。我要求这个‘我’，这个能使我感觉到我活着的可怜的‘我’，能活下去。因此，我的灵魂的持存问题便折磨着我。”“不愿意愿意死”——非常确切！

这是灵魂的至深的呼声。灵魂是绝对不能接受寂灭的，当肉体因为衰病而“愿意死”时，当心智因为认清宿命而“愿意死”时，灵魂仍然要否定它们的“愿意”！但斯多噶派哲学家完全听不见灵魂的呼声，他们所关心的仅是人面对死亡时的心理生活而非精神生活，这种哲学至多只有心理策略上的价值，并无精神解决的意义。

当然，我相信，一个人即使不愿意死，仍有可能坚定地面对死亡。这种坚定性倒是与死亡的必然性不无联系。拉罗什福科曾经一语道破：“死亡的必然性造就了哲学家们的全部坚定性。”在他口中这是一句相当刻薄的话，意思是说，倘若死不是必然的，人有可能永生不死，哲学家们就不会以如此优雅的姿态面对死亡了。这使我想起了荷马讲的一个故事。特洛伊最勇敢的英雄赫克托耳这样动员他的部下：“如果避而不战就能永生不死，那么我也不愿冲锋在前了。但是，既然迟早要死，我们为何不拼死一战，反把荣誉让给别人？”毕竟是粗人，说的是大实话，不像哲学家那样转弯抹角。事实上，从容赴死决非心甘情愿接受寂灭，而是不得已退求其次，注意力放在尊严、荣誉等仍属尘世目标上的结果。

五

死亡的普遍性是哲学家们劝我们接受死的又一个理由。

卢克莱修要我们想一想，在我们之前的许多伟人都死了，我们有什么可委屈的？奥勒留提醒我们记住，有多少医生在给病人下死亡诊断之后，多少占星家在预告别人的忌日之后，多少哲学家在大谈死和不朽之后，多少英雄在横扫千军之后，多少暴君在滥杀无辜之后，都死去了。总之，在我们之前的无数世代，没有人能逃脱一死。迄今为止，地球上已经发生过太多的死亡，以至于如一位诗人所云，生命只是死亡的遗物罢了。

与我们同时以及在我们之后的人，情况也一样。卢克莱修说："在你死后，万物将随你而来。"塞涅卡说："想想看，有多少人命定要跟随你死去，继续与你为伴！"蒙田说："如果伴侣可以安慰你，全世界不是跟你走同样的路么？"

人人都得死，这能给我们什么安慰呢？大约是两点：第一，死是公正的，对谁都一视同仁；第二，死并不孤单，全世界都与你为伴。

我承认我们能从人皆有死这个事实中获得某种安

慰，因为假如事情倒过来，人皆不死，唯独我死，我一定会感到非常不公正，我的痛苦将因嫉妒和委屈而增添无数倍。除了某种英雄主义的自我牺牲之外，一般来说，共同受难要比单独受难易于忍受。然而，我仍然要说，死是最大的不公正。这不公正并非存在于人与人之间，而是存在于人与神之间。上帝按照自己的形象造人，却不让他像自己一样永生。他把人造得一半是神，一半是兽，将渴望不朽的灵魂和终有一死的肉体同时放在人身上，再不可能有比这更加恶作剧的构思了。

至于说全世界都与我为伴，这只是一个假象。死本质上是孤单的，不可能结伴而行。我们活在世上，与他人共在，死却把我们和世界、他人绝对分开了。在一个濒死者眼里，世界不再属于他，他人的生和死都与他无关。他站在自己的由生入死的出口上，那里只有他独自一人，别的濒死者也都在各自的出口上，并不和他同在。死总是自己的事，世上有多少自我，就有多少独一无二的死，不存在一个一切人共有的死。死后的所谓虚无之境也无非是这一个独特的自我的绝对毁灭，并无一个人人共赴的归宿。

六

那么——卢克莱修对我们说——“回头看看我们出生之前那些永恒的岁月，对于我们多么不算一回事。自然把它作为镜子，让我们照死后的永恒时间，其中难道有什么可怕的东西？”

这是一种很巧妙的说法，为后来的智者所乐于重复。

塞涅卡：“这是死在拿我做试验吗？好吧，我在出生前早已拿它做过一次试验了！”“你想知道死后睡在哪里？在那未生的事物中。”“死不过是非存在，我已经知道它的模样了。丧我之后正与生我之前一样。”“一个人若为自己未能在千年之前活着而痛哭，你岂不认为他是傻瓜？那么，为自己千年之后不再活着而痛哭的人也是傻瓜。”

蒙田：“老与少抛弃生命的情景都一样。没有谁离开它不正如他刚走进去。”“你由死入生的过程无畏也无忧，再由生入死走一遍吧。”

事实上，在读到上述言论之前，我自己就已用同样的理由劝说过自己。扪心自问，在我出生之前的悠悠岁月中，世上一直没有我，我对此确实不感到丝毫遗憾。

那么，我死后世上不再有我，情形不是完全一样吗？

真的完全一样吗？总觉得有点不一样。不，简直是大不一样！我未出生时，世界的确与我无关。可是，对于我来说，我的出生是一个决定性的事件，由于它，世界就变成了一个和我息息相关的属于我的世界。即使是那个存在于我出生前无穷岁月中的世界，我也可以把它作为我的对象，从而接纳到我的世界中来。我可以阅读前人的一切著作，了解历史上的一切事件。尽管它们产生时尚没有我，但由于我今天的存在，便都成了供我阅读的著作和供我了解的事件。而在我死后，无论世上还会（一定会的！）诞生什么伟大的著作，发生什么伟大的事件，都真正与我无关，我永远不可能知道了。

譬如说，尽管曹雪芹活着时，世上压根儿没有我，但今天我却能享受到读《红楼梦》的极大快乐，真切感觉到它是我的世界的一个组成部分。倘若我生活在曹雪芹以前的时代，即使我是金圣叹，这部作品和我也不会有丝毫关系了。

有时我不禁想，也许，出生得愈晚愈好，那样就会有更多的佳作、更悠久的历史、更广大的世界属于我了。但是，晚到何时为好呢？难道到世界末日再出生，作为最后的证人得以回顾人类的全部兴衰，我就会满意？无论何时出生，一死便前功尽弃，留在身后的同样是那个与自己不再有任何关系的世界。

自我意识强烈的人本能地把世界看做他的自我的产物，因此他无论如何不能设想，他的自我有一天会毁灭，而作为自我的产物的世界却将永远存在。不错，世界曾经没有他也永远存在过，但那是一个为他的产生做着准备的世界。生前的无限时间中没有他，却在走向他，终于有了他。死后的无限时间中没有他，则是在背离他，永远不会有他了。所以，他接受前者而拒绝后者，又有什么可奇怪的呢？

七

迄今为止的劝说似乎都无效，我仍然不承认死是一件合理的事。让我变换一下思路，看看永生是否值得向往。

事实上，最早沉思死亡问题的哲学家并未漏过这条思路。卢克莱修说：“我们永远生存和活动在同样事物中间，即使我们再活下去，也不能铸造出新的快乐。”奥勒留说：“所有来自永恒的事物作为形式是循环往复的，一个人是在一百年还是两千年或无限的时间里看到同样的事物，这对他是一回事。”总之，太阳下没有新东西，永生是不值得向往的。

我们的确很容易想象出永生的单调，因为即使在现在这短促的人生中，我们也还不得不熬过许多无聊的时光。然而，无聊不能归因于重复。正如健康的胃不会厌倦进食，健康的肺不会厌倦呼吸，健康的肉体不会厌倦做爱一样，健全的生命本能不会厌倦日复一日重复的生命活动。活跃的心灵则会在同样的事物上发现不同的意义，为自己创造出巧妙的细微差别。遗忘的本能也常常助我们一臂之力，使我们经过适当的间隔重新产生新鲜感。即使假定世界是一个由有限事物组成的系统，如同一副由有限棋子组成的围棋，我们仍然可能像一个入迷的棋手一样把这副棋永远下下去。仔细分析起来，由死造成的意义失落才是无聊的至深根源，正是因为死使一切成为徒劳，所以才会觉得做什么都没有意思。一个明显的证据是，由于永生信念的破灭，无聊才成了一种典型的现代病。

可是，对此也可提出一个反驳："没有死，就没有爱和激情，没有冒险和悲剧，没有欢乐和痛苦，没有生命的魅力。总之，没有死，就没有了生的意义。"——这正是我自己在数年前写下的一段话。波伏瓦在一部小说中塑造了一个不死的人物，他因为不死而丧失了真正去爱的能力。的确，人生中一切欢乐和美好的东西因为短暂更显得珍贵，一切痛苦和严肃的感情因为牺牲才更见出真诚。如此看来，最终剥夺了生的意义的死，一度又是它赋予了生以意义。无论寂灭还是永生，人生都逃不出荒谬。不过，有时我很怀疑这种悖论的提出乃是永生信念业已破灭的现代人的自我安慰。对于希腊人来说，这种悖论并不存在，荷马传说中的奥林匹斯众神丝毫没有因为不死而丧失了恋爱和冒险的好兴致。

好吧，让我们退一步，承认永生是荒谬的，因而是不值得向往的，但这仍然不能证明死的合理。我们最多只能退到这一步：承认永生和寂灭皆荒谬，前者不合生活现实的逻辑，后者不合生命本能的逻辑。

八

何必再绕弯子呢？无论举出多少理由都不可能说服你，干脆说出来吧，你无非是不肯舍弃你那可怜的自我。

我承认。这是我的独一无二的自我。

可是，这个你如此看重的自我，不过是一个偶然，一个表象，一个幻相，本身毫无价值。

我听见哲学家们异口同声地说。这下可是击中了要害。尽管我厌恶这种贬抑个体的立场，我仍愿试着在这条思路上寻求一个解决。

我对自己说：你是一个纯粹偶然的产物，大自然产生你的概率几乎等于零。如果你的父母没有结合（这是偶然的），或者结合了，未在那个特定的时刻做爱（这也是偶然的），或者做爱了，你父亲释放的成亿个精子中不是那个特定的精子使你母亲受孕（这更是偶然的），就不会有你。如果你父母各自的父母不是如此这般，就不会有你的父母，也就不会有你。这样一直可以推到你最早的老祖宗，在不计其数的偶然中，只要其中之一改变，你就压根儿不会诞生。难道你能为你未曾诞生而遗憾吗？这岂不就像为你的父母、祖父母、外祖父母等等在某月某日未曾做爱而遗憾一样可笑吗？那么，你就权作你未曾诞生好了，这样便不会把死当一回事了。无论如何，一个偶然得不能再偶然的存在，一件侥幸到非分地步的礼物，失去了是不该感到委屈的。滚滚长河中某一个偶然泛起的泡沫，有什么理由为它的迸裂愤愤不平呢？

然而，我还是委屈，还是不平！我要像金圣叹一样责问天地："既已生我，便应永在；脱不能尔，便应勿生。如之何本无有我……无端而忽然生我；无端而忽然生者，又正是我；无端而忽然生一正是之我，又不容之少住……”尽管金圣叹接着替天地开脱，说既为天地，安得不生，无论生谁，都各个自以为我，其实未尝生我，我固非我，但这一番逻辑实出于不得已，只是为了说服自己接受我之必死的事实。

一种意识到自身存在的存在按其本性是不能设想自身的非存在的。我知道我的出生纯属偶然，但是，既已出生，我就不再能想象我将不存在。我甚至不能想象我会不出生，一个绝对没有我存在过的宇宙是超乎我的想象力的。我不能承认我只是永恒流变中一个可有可无旋生旋灭的泡影，如果这样，我是没有勇气活下去的。大自然产生出我们这些具有自我意识的个体，难道只是为了让我们意识到我们仅是幻相，而它自己仅是空无？不，我一定要否认。我要同时成为一和全，个体和整体，自我和宇宙，以此来使两者均获得意义。也就是说，我不再劝说自己接受死，而是努力使自己相信某种不朽。正是为了自救和救世，不肯接受死亡的灵魂走向了宗教和艺术。

九

“信仰就是愿意信仰；信仰上帝就是希望真有一个

上帝。”乌纳穆诺的这句话点破了一切宗教信仰的实质。

我们第一不能否认肉体死亡的事实，第二不能接受死亡，剩下的唯一出路是为自己编织出一个灵魂不死的梦幻，这个梦幻就叫做信仰。借此梦幻，我们便能像贺拉斯那样对自己说：“我不会完全死亡！”我们需要这个梦幻，因为如惠特曼所云：“没有它，整个世界才是一个梦幻。”

诞生和死亡是自然的两大神秘。我们永远不可能真正知道，我们从何处来，到何处去。我们无法理解虚无，不能思议不存在。这就使得我们不仅有必要而且有可能编织梦幻。谁知道呢，说不定事情如我们所幻想的，冥冥中真有一个亡灵继续生存的世界，只是因为阴阳隔绝，我们不可感知它罢了。当柏拉图提出灵魂不死说时，他就如此鼓励自己：“荣耀属于那值得冒险一试的事物！”帕斯卡尔则直截了当地把关于上帝是否存在的争论形容为一场赌博，理智无法决定，唯凭抉择。赌注下在上帝存在这一面，赌赢了就赢得了一切，赌输了却一无所失。反正这是唯一的希望所在，宁可信其有，总比绝望好些。

可是，要信仰自己毫无把握的事情，又谈何容易。帕斯卡尔的办法是，向那些盲信者学习，遵循一切宗教习俗，事事做得好像是在信仰着的那样。“正是这样才会自然而然使你信仰并使你牲畜化。”他的内心独白：“但，这是我所害怕的。”立刻反问自己：“为什么害怕呢？你有什么可丧失的呢？”非常形象！说服自己真难！对于一个必死的人来说，的确没有什么可丧失的。也许会丧失一种清醒，但这清醒正是他要除去的。一个真正为死所震撼的人要相信不死，就必须使自己“牲畜化”，即变得和那些从未真正思考过死亡的人（盲信者和不关心信仰者均属此列）一样。对死的思考推动人们走向宗教，而宗教的实际作用却是终止这种思考。从积极方面说，宗教倡导一种博爱精神，其作用也不是使人们真正相信不死，而是在博爱中淡忘自我及其死亡。

我姑且假定宗教所宣称的灵魂不死或轮回是真实的，即使如此，我也不能从中获得安慰。如果这个在我生前死后始终存在着的灵魂，与此生此世的我没有意识上的连续性，它对我又有何意义？而事实上，我对我出生前的生活确然茫然无知，由此可以推知我的亡灵对我此生的生活也不会有所记忆。这个与我的尘世生命全然无关的不死的灵魂，不过是如同黑格尔的绝对精神一样的抽象体。把我说成是它的天国历程中的一次偶然堕落，或是把我说成是大自然的永恒流变中的一个偶然产物，我看不出两者之间究竟有何区别。

乌纳穆诺的话是不确的，愿意信仰未必就能信仰，我终究无法使自己相信有真正属于我的不朽。一切不朽都以个人放弃其具体的、个别的存在为前提。也就是说，所谓不朽不过是我不复存在的同义语罢了。我要这样的不朽有何用？

十

现在无路可走了。我只好回到原地，面对死亡，不回避但也不再寻找接受它的理由。

肖斯塔科维奇拒绝在他描写死亡的《第十四交响乐》的终曲中美化死亡，给人廉价的安慰。死是真正的终结，是一切价值的毁灭。死的权力无比，我们接受它并非因为它合理，而是因为非接受它不可。

这是多么徒劳：到头来你还是不愿意，还是得接受！

但我必须作这徒劳的思考。我无法只去注意金钱、地位、名声之类的小事，而对终将使自己丧失一切的死毫不关心。人生只是瞬间，死亡才是永恒，不把死透彻地想一想，我就活不踏实。

一个人只要认真思考过死亡，不管是否获得使自己满意的结果，他都好像是把人生的边界勘察了一番，看到了人生的全景和限度。如此他就会形成一种豁达的胸怀，在沉浮人世的同时也能跳出来加以审视。他固然仍有自己的追求，但不会把成功和失败看得太重要。他清楚一切幸福和苦难的相对性质，因而快乐时不会忘形，痛苦时也不致失态。

奥勒留主张“像一个终有一死者那样去看待事物”，“把每一天都作为最后一天度过”。例如，你渴望名声，就想一想你以及知道你的名字的今人后人都是要死的，便会明白名声不过是浮云。你被人激怒了，就想一想你和那激怒你的人都很快将不复存在，于是会平静下来。你感到烦恼或悲伤，就想一想曾因同样事情痛苦的人们哪里去了，便会觉得为这些事痛苦是不值得的。他的用意仅在始终保持恬静的心境，我认为未免消极。人生还是要积极进取的，不过同时不妨替自己保留着这样一种有死者的眼光，以便在必要的时候甘于退让和获得平静。

思考死亡的另一个收获是使我们随时作好准备，即使明天就死也不感到惊慌或委屈。尽管我始终不承认死是可以接受的，我仍赞同许多先哲的这个看法：既然死迟早要来，早来迟来就不是很重要的了。在我看来，我们应该也能够做到的仅是这个意义上的不怕死。

古希腊最早的哲人之一比阿斯认为，我们应当随时安排自己的生命，既可享高寿，也不虑早折。卢克莱修说：“尽管你活满多少世代的时间，永恒的死仍在等候着你；而那与昨天的阳光偕逝的人，比起许多月许多年以前就死去的，他死而不复存在的时间不会是更短。”奥勒留说：“最长寿者将被带往与早夭者相同的地方。”因此，“不要把按你能提出的许多年后死而非明天死看成什么大事。”我觉得这些话都说得很在理。面对永恒的死，一切有限的寿命均等值。在我们心目中，一个古人，一个几百年前的人，他活了多久，缘何而死，会有什么重要性么？漫长岁月的间隔使我们很容易扬弃种种偶然因素，而一目了然地看到他死去的必然性：怎么着他也活不到今天，终归是死了！那么，我们何不置身遥远的未来，也这样来看待自己的死呢？这至少可以使我们比较坦然地面对突如其来的死亡威胁。我对生命是贪婪的，活得再长久也不能死而无憾。但是既然终有一死，为寿命长短忧虑便是不必要的，能长寿当然好，如果不能呢，也没什么，反正是一回事！萧伯纳高龄时自拟墓志铭云：“我早就知道无论我活多久，这种事情迟早总会发生的。”我想，我们这些尚无把握享高龄的人应能以同样达观的口吻说：既然我知道这种事情迟早总会发生，我就不太在乎我能活多久了。一个人若能看穿寿命的无谓，他也就尽其所能地获得了对死亡的自由。他也许仍畏惧形而上意义上的死，即寂灭和虚无，但对于日常生活中的死，即由疾病或灾祸造成的他的具体的死，他已在相当程度上克服了恐惧之感。

死是个体的绝对毁灭，倘非自欺欺人，从中决不可能发掘出正面的价值来。但是，思考死对于生却是有价值的，它使我能以超脱的态度对待人生一切遭际，其中包括作为生活事件的现实中的死。如此看来，对死的思考尽管徒劳，却并非没有意义。

1992.5

从生存向存在的途中

兽和神大约都不会无聊。兽活命而已，只有纯粹的生存。神充实自足，具备完满的存在。兽人神三界，唯有夹在中间的人才会无聊，才可能有活得没意思的感觉和叹息。

无聊的前提是闲。当人类必须为生存苦斗的时候，想必也无聊不起来。我们在诗经或荷马史诗里几乎找不到无聊这种奢侈的情绪。要能闲得无聊，首先必须仓廪实，衣食足，不愁吃穿。吃穿有余，甚至可以惠及畜生，受人豢养的猫狗之类宠物也会生出类似无聊的举态，但它们已经无权称作兽。

当然，物质的进步永无止境，仓廪再实，衣食再足，人类未必闲得下来。世上总有闲不住的阔人、忙人和勤人，另当别论。

一般来说，只要人类在求温饱之余还有精力，无聊的可能性就存在了。席勒用剩余精力解释美感的发生。其实，人类特有的一切好东西坏东西，其发生盖赖于此，无聊也不例外。

有了剩余精力，不释放出来是很难受的。“饱食终日，无所用心，难矣哉!”孔子就很明白这难受劲儿，所以他劝人不妨赌博下棋，也比闲着什么事不做好。“难矣哉”，林语堂解为“真难为他们”、“真亏他们做得出来”，颇传神，比别的注家高明。闲着什么事不做，是极难的，一般人无此功夫。所谓闲，是指没有非做不可的事，遂可以自由支配时间，做自己感兴趣的事。闲的可贵就在于此。兴趣有雅俗宽窄之别，但大约人人都有自己感兴趣的事。麻将扑克是一种兴趣，琴棋诗画是一种兴趣，拥被夜读是一种兴趣，坐在桌前，点一支烟，沉思遐想，也是一种兴趣。闲了未必无聊，闲着没事干才会无聊。有了自由支配的时间，却找不到兴趣所在，或者做不成感兴趣的事，剩余精力茫茫然无所寄托，这种滋味就叫无聊。

闲是福气，无聊却是痛苦。勤勤恳恳一辈子的公务员，除了公务别无兴趣，一旦退休闲居，多有不久便弃世的，致命的因素正是无聊。治狱者很懂得无聊的厉害，所以对犯人最严重的惩罚不是苦役而是单独监禁。苦役是精力的过度释放，单独监禁则是人为地堵塞释放精力的一切途径，除吃睡外不准做任何事。这种强制性的无聊，其痛苦远在苦役之上。在自由状态下，多半可以找到法子排遣无聊。排遣的方式因人而异，最能见出一个人的性情。愈浅薄的人，其无聊愈容易排遣，现成的法子有的是。“不有博弈者乎？”如今更好办，不有电视机乎？面对电视机一坐几个钟点，天天坐到头昏脑涨然后上床去，差不多是现代人最常见的消磨闲暇的方式——或者说，糟蹋闲暇的方式。

时间就是生命。奇怪的是，人人都爱惜生命，不愿其速逝，却害怕时间，唯恐其停滞。我们好歹要做点什么事来打发时间，一旦无所事事，时间就仿佛在我们面前停住了。我们面对这脱去事件外衣的赤裸裸的时间，发现它原来空无所有，心中隐约对生命的实质也起了恐慌。无聊的可怕也许就在于此，所以要加以排遣。

但是，人生中有些时候，我们会感觉到一种无可排遣的无聊。我们心不在焉，百事无心，觉得做什么都没意思，并不是疲倦了，因为我们有精力，只是茫无出路；并不是看透了，因为我们有欲望，只是空无对象。这种心境无端而来，无端而去，昙花一现，却是一种直接暴露人生根底的深邃的无聊。

人到世上，无非活一场罢了，本无目的可言。因此，在有了超出维持生存以上的精力以后，这剩余精力投放的对象却付诸阙如。人必须自己设立超出生存以上的目的。活不成问题了，就要活得有意思，为生命加一个意义。然而，为什么活着？这是一个危险的问题。若问为什么吃喝劳作，我们很明白，是为了活。活着又为了什么呢？这个问题追究下去，没有谁不糊涂的。

对此大致有两类可能的答案。一类答案可以归结为：活着为了吃喝劳作——为了一己的、全家的或者人类的吃喝劳作，为了吃喝得更奢侈，劳作得更有效，如此等等。这类答案虽然是多数人实际所奉行的，作为答案却不能令人满意，因为它等于说活着为了活着，不成其为答案。

如果一切为了活着，活着就是一切，岂不和动物没有了区别？一旦死去，岂不一切都落了空？这是生存本身不能作为意义源泉的两个重要理由。一事物的意义须从高于它的事物那里求得，生命也是如此。另一类答案就试图为生命指出一个高于生命的意义源泉，它应能克服人的生命的动物性和暂时性，因而必定是一种神性的不朽的东西。不管哲学家们如何称呼这个东西，无非是神的别名罢了。其实，神只是一个记号，记录了我们追问终极根据而不可得的迷惘。例如，从巴门尼德到雅斯贝尔斯，都以“存在”为生命意义之源泉，可是他们除了示意“存在”的某种不可言传的超越性和完美性之外，还能告诉我们什么呢？

我们往往乐于相信，生命是有高出生命本身的意义的，例如真善美之类精神价值。然而，真善美又有什么意义？可以如此无穷追问下去，但我们无法找到一个终极根据，因为神并不存在。其实，神只是一个表示神秘莫测的记号，记录了我们追问终极根据而不可得的迷惘。摆脱这个困境的唯一办法是把一切精神价值的落脚点引回到地面上来，看做人类生存的工具。各派无神论哲学家归根到底都是这样做的。但是，这样一来，我们又陷入了我们试图逃避的同义反复：活着为了活着。

也许关键在于，这里作为目的的活，与动物并不相同。人要求有意义的活，意义是人类生存的必要条件。因此，上述命题应当这样展开：活着为了寻求意义，而寻求意义又是为了觉得自己是在有意义地活着。即使我们所寻求的一切高于生存的目标，到头来是虚幻的，寻求本身就使我们感到生存是有意义的，从而能够充满信心地活下去。凡真正的艺术家都视创作为生命，不创作就活不下去。超出这一点去问海明威为何要写作，毕加索为何要画画，他们肯定说不出一个所以然来。人类迄今所创造的灿烂文化如同美丽的云景，把人类生存的天空烘托得极其壮观。然而，若要追究云景背后有什么，便只能堕入无底的虚空里了。

人，永远走在从生存向存在的途中。他已经辞别兽界，却无望进入神界。他不甘于纯粹的生存，却达不到完美的存在。他有了超出生存的精力，却没有超出生存的目标。他寻求，却不知道寻求什么。人是注定要无聊的。

可是，如果人真能够成为神，就不无聊了吗？我想象不出，上帝在完成他的创世工作之后，是如何消磨他的星期天的。圣经对此闭口不谈，这倒不奇怪，因为上帝是完美无缺的，既不能像肉欲犹存的人类那样用美食酣睡款待自己，又不能像壮心不已的人类那样不断进行新的精神探险，他实在没事可干了。他的绝对的完美便是他的绝对的空虚。人类的无聊尚可药治，上帝的无聊宁有息日？

不，我不愿意成为神。虽然人生有许多缺憾，生而为人仍然是世上最幸运的事。人生最大的缺憾便是终有一死。生命太短暂了，太珍贵了，无论用它来做什么都有点可惜。总想做最有意义的事，足以使人不虚此生、死而无恨的事，却没有一件事堪当此重责。但是，人活着总得做点什么。于是，我们便做着种种微不足道的事。

人生终究还是免不了无聊。

1991.1

没有目的的旅行

没有比长途旅行更令人兴奋的了，也没有比长途旅行更容易使人感到无聊的了。

人生，就是一趟长途旅行。

一趟长途旅行，意味着奇遇，巧合，不寻常的机缘，意外的收获，陌生而新鲜的人和景物。总之，意味着种种打破生活常规的偶然性和可能性。所以，谁不是怀着朦胧的期待和莫名的激动踏上旅程的？

然而，一般规律是，随着旅程的延续，兴奋递减，无聊递增。

我们从记事起就已经身在这趟名为"人生"的列车上了。一开始，我们并不关心它开往何处。孩子们不需要为人生安上一个目的，他们扒在车窗边，小脸蛋紧贴玻璃，窗外掠过的田野、树木、房屋、人畜无不可观，无不使他们感到新奇。无聊与他们无缘。

不知从何时起，车窗外的景物不再那样令我们陶醉了。这是我们告别童年的一个确切标志，我们长大成人了。我们开始需要一个目的，而且往往也就有了一个也许清晰但多半模糊的目的。我们相信列车将把我们带往一个美妙的地方，那里的景物远比沿途优美。我们在心里悄悄给那地方冠以美好的名称，名之为“幸福”、“成功”、“善”、“真理”等等。

不幸的是，一旦我们开始憧憬一个目的，无聊便接踵而至。既然生活在远处，近处的就不是生活。既然目的最重要，过程就等而下之。我们的心飞向未来，只把身体留在现在，视正在经历的一切为必不可免的过程，耐着性子忍受。

列车在继续行进，但我们愈来愈意识到自己身寄逆旅，不禁暗暗计算日程，琢磨如何消磨途中的光阴。好交际者便找人攀谈，胡侃神聊，不厌其烦地议论天气、物价、新闻之类无聊话题。性情孤僻者则躲在一隅，闷头吸烟，自从无烟车厢普及以来，就只是坐着发呆、瞌睡、打呵欠。不学无术之徒掏出随身携带的通俗无聊小报和杂志，读了一遍又一遍。饱学之士翻开事先准备的学术名著，想聚精会神研读，终于读不进去，便屈尊向不学无术之徒借来通俗报刊，图个轻松。先生们没完没了地打扑克。太太们没完没了地打毛衣。凡此种种，雅俗同归，都是在无聊中打发时间，以无聊的方式逃避无聊。

当然，会有少数幸运儿因了自身的性情，或外在的机缘，对旅途本身仍然怀着浓厚的兴趣。一位诗人凭窗凝思，浮想联翩，笔下灵感如涌。一对妙龄男女隔座顾盼，两情款洽，眉间秋波频送。他们都乐在其中，不觉得旅途无聊。愈是心中老悬着一个遥远目的地的旅客，愈不耐旅途的漫长，容易百无聊赖。由此可见，无聊生于目的与过程的分离，乃是一种对过程疏远和隔膜的心境。孩子或者像孩子一样单纯的人，目的意识淡薄，沉浸在过程中，过程和目的浑然不分，他们能够随遇而安，即事起兴，不易感到无聊。商人或者像商人一样精明的人，有非常明确实际的目的，以此指导行动，规划过程，目的与过程丝丝相扣，他们能够聚精会神，分秒必争，也不易感到无聊。怕就怕既失去了孩子的单纯，又不肯学商人的精明，目的意识强烈却并无明确实际的目的，有所追求但所求不是太缥缈就是太模糊。“我只是想要，但不知道究竟想要什么。”这种心境是滋生无聊的温床。心中弥漫着一团空虚，无物可以填充。凡到手的一切都不是想要的，于是难免无聊了。

舍近逐远似乎是我们人类的天性，大约正是目的意识在其中作祟。一座围城，城里的人想出去，城外的人想进来，如果出不去进不来，就感到无聊。这是达不到目的的无聊。一旦城里的人到了城外，城外的人到了城里，又觉得城外和城里不过尔尔。这是目的达到后的无聊。于是，健忘的人（我们多半是健忘的）折腾往回跑，陷入又一轮循环。等到城里城外都厌倦，是进是出都无所谓，更大的无聊就来临了。这是没有了目的的无聊。

超出生存以上的目的，大抵是想象力的产物。想象力需要为自己寻找一个落脚点，目的便是这落脚点。我们乘着想象力飞往远方，疏远了当下的现实。一旦想象中的目的实现，我们又会觉得它远不如想象。最后，我们倦于追求一个目的了，但并不因此就心满意足地降落到地面上来。我们乘着疲惫的想象力，心灰意懒地盘旋在这块我们业已厌倦的大地上空，茫然四顾，无处栖身。

让我们回到那趟名为“人生”的列车上来。假定我们各自怀着一个目的，相信列车终将把我们带到心向往之的某地，为此我们忍受着旅途的无聊，这时列车的广播突然响了，通知我们列车并非开往某地，非但不是开往某地，而且不开往任何地方，它根本就没有一个目的地。试想一下，在此之后，不再有一个目的来支撑我们忍受旅途的无聊，其无聊更将如何？

然而，这正是我们或早或迟会悟到的人生真相。“天地者万物之逆旅”，万物之灵也只是万物的一分子，逃不脱大自然安排的命运。人活一世，不过是到天地间走一趟罢了。人生的终点是死，死总不该是人生的目的。人生原本就是一趟没有目的的旅行。

鉴于人生本无目的，只是过程，有的哲人就教导我们重视过程，不要在乎目的。如果真能像孩子那样沉浸在过程中，当然可免除无聊。可惜的是，我们已非孩子，觉醒了的目的意识不容易回归混沌。莱辛说他重视追求真理的过程胜于重视真理本身，这话怕是出于一种无奈的心情，正因为过于重视真理，同时又过于清醒地看到真理并不存在，才不得已而返求诸过程。看破目的阙如而执著过程，这好比看破红尘的人还俗，与过程早已隔了一道鸿沟，至多只能做到貌合神离而已。

如此看来，无聊是人的宿命。无论我们期待一个目的，还是根本没有目的可期待，我们都难逃此宿命。在没有目的时，我们仍有目的意识。在无可期待时，我们仍茫茫然若有所待。我们有时会沉醉在过程中，但是不可能始终和过程打成一片。我们渴念过程背后的目的，或者省悟过程背后绝无目的时，我们都会对过程产生疏远和隔膜之感。然而，我们又被粘滞在过程中，我们的生命仅是一过程而已。我们心不在焉而又身不由己，这种心境便是无聊。

1991.1

等的滋味

人生有许多时光是在等中度过的。有千百种等，等有千百种滋味。等的滋味，最是一言难尽。

不过，我不喜欢一切等。无论所等的是好事，坏事，好坏未卜之事，不好不坏之事，等总是无可奈何的。等的时候，一颗心悬着，这滋味不好受。

就算等的是幸福吧，等本身却说不上幸福。想象中的幸福愈诱人，等的时光愈难挨。例如，“月上柳梢头，人约黄昏后”自是一件美事，可是，性急的情人大约都像《西厢记》里那一对儿，“自从那日初时，想月华，捱一刻似一夏。”只恨柳梢日轮下得迟，月影上得慢。第一次幽会，张生等莺莺，忽而倚门翘望，忽而卧床哀叹，心中无端猜度佳人来也不来，一会儿怨，一会儿谅，那副神不守舍的模样委实惨不忍睹。我相信莺莺就不至于这么惨。幽会前等的一方要比赴的一方更受煎熬，就像惜别后留的一方要比走的一方更觉凄凉一样。那赴的走的多少是主动的，这等的留的却完全是被动的。赴的未到，等的人面对的是静止的时间。走的去了，留的人面对的是空虚的空间。等的可怕，在于等的人对于所等的事完全不能支配，对于其他的事又完全没有心思，因而被迫处在无所事事的状态。有所期待使人兴奋，无所事事又使人无聊，等便是混合了兴奋和无聊的一种心境。随着等的时间延长，兴奋转成疲劳，无聊的心境就会占据优势。如果佳人始终不来，才子只要不是愁得竟吊死在那棵柳树上，恐怕就只有在月下伸懒腰打呵欠的份了。

人等好事嫌姗姗来迟，等坏事同样也缺乏耐心。没有谁愿意等坏事，坏事而要等，是因为在劫难逃，实出于不得已。不过，既然在劫难逃，一般人的心理便是宁肯早点了结，不愿无谓拖延。假如我们所爱的一位亲人患了必死之症，我们当然惧怕那结局的到来。可是，再大的恐惧也不能消除久等的无聊。在《战争与和平》中，娜塔莎一边守护着弥留之际的安德烈，一边在编一只袜子。她爱安德烈胜于世上的一切，但她仍然不能除了等心上人死之外什么事也不做。一个人在等自己的死时会不会无聊呢？这大约首先要看有无足够的精力。比较恰当的例子是死刑犯，我揣摩他们只要离刑期还有一段日子，就不可能一门心思只想着那颗致命的子弹。恐惧如同一切强烈的情绪一样难以持久，久了会麻痹，会出现间歇。一旦试图做点什么事填充这间歇，阵痛般发作的恐惧又会起来破坏任何积极的念头。一事不做地坐等一个注定的灾难发生，这种等实在荒谬，与之相比，灾难本身反倒显得比较好忍受一些了。

无论等好事还是等坏事，所等的那个结果是明确的。如果所等的结果对于我们关系重大，但吉凶未卜，则又别是一番滋味在心头。这时我们宛如等候判决，心中焦虑不安。焦虑实际上是由彼此对立的情绪纠结而成，其中既有对好结果的盼望，又有对坏结果的忧惧。一颗心不仅悬在半空，而且七上八下，大受颠簸之苦。说来可怜，我们自幼及长，从做学生时的大小考试，到毕业后的就业、定级、升迁、出洋等等，一生中不知要过多少关口，等候判决的滋味真没有少尝。当然，一个人如果有足够的悟性，就迟早会看淡浮世功名，不再把自己放在这个等候判决的位置上。但是，若非修炼到类似涅槃的境界，恐怕就总有一些事情的结局是我们不能无动于衷的。此刻某机关正在研究给不给我加薪，我可以一哂置之。此刻某医院正在给我的妻子动剖腹产手术，我还能这么豁达吗？到产科手术室门外去看看等候在那里的丈夫们的冷峻脸色，我们就知道等候命运判决是多么令人心焦的经历了。在人生的道路上，我们难免会走到某几扇陌生的门前等候开启，那心情便接近于等在产科手术室门前的丈夫们的心情。

不过，我们一生中最经常等候的地方不是门前，而是窗前。那是一些非常窄小的小窗口，有形的或无形的，分布于商店、银行、车站、医院等与生计有关的场所，以及办理种种烦琐手续的机关衙门。我们为了生存，不得不耐着性子，排着队，缓慢地向它们挪动，然后屈辱地侧转头颅，以便能够把我们的视线、手和手中的钞票或申请递进那个窄洞里，又摸索着取出我们所需要的票据文件等等。这类小窗口常常无缘无故关闭，好在我们的忍耐力磨炼得非常发达，已经习惯于默默地无止境地等待了。

等在命运之门前面，等的是生死存亡，其心情是焦虑，但不乏悲壮感。等在生计之窗前面，等的是柴米油盐，其心情是烦躁，掺和着屈辱感。前一种等，因为结局事关重大，不易感到无聊。然而，如果我们的悟性足以平息焦虑，那么，在超脱中会体味一种看破人生的大无聊。后一种等，因为对象平凡琐碎，极易感到无聊，但往往是一种习以为常的小无聊。

说起等的无聊，恐怕没有比逆旅中的迫不得已的羁留更甚的了。所谓旅人之愁，除离愁、乡愁外，更多的成分是百无聊赖的闲愁。譬如，由于交通中断，不期然被耽搁在旅途某个荒村野店，通车无期，举目无亲，此情此境中的烦闷真是难以形容。但是，若把人生比作逆旅，我们便会发现，途中耽搁实在是人生的寻常遭际。我们向理想生活进发，因了种种必然的限制和偶然的变故，或早或迟在途中某一个点上停了下来。我们相信这是暂时的，总在等着重新上路，希望有一天能过自己真正想过的生活，殊不料就在这个点上永远停住了。有些人渐渐变得实际，心安理得地在这个点上安排自己的生活。有些人仍然等啊等，岁月无情，到头来悲叹自己被耽误了一辈子。

那么，倘若生活中没有等，又怎么样呢？在说了等这么多坏话之后，我忽然想起等的种种好处，不禁为我的忘恩负义汗颜。

我曾经在一个农场生活了一年半。那是湖中的一个孤岛，四周只见茫茫湖水，不见人烟。我们在岛上种水稻，过着极其单调的生活。使我终于忍受住这单调生活的正是等——等信。每天我是怀着怎样殷切的心情等送信人到来的时刻呵，我仿佛就是为这个时刻活着的，尽管等常常落空，但是等本身就为一天的生活提供了色彩和意义。

我曾经在一间地下室里住了好几年。日复一日，只有我一个人。当我伏案读书写作的时候，我不由自主地在等——等敲门声。我期待我的同类访问我，这期待使我感到我还生活在人间，地面上的阳光也有我一份。我不怕读书写作被打断，因为无需来访者，极度的寂寞早已把它们打断一次又一次了。

不管等多么需要耐心，人生中还是有许多值得等的事情的：等冬夜里情人由远及近的脚步声，等载着久别好友的列车缓缓进站，等第一个孩子出生，等孩子咿呀学语偶然喊出一声爸爸后再喊第二第三声，等第一部作品发表，等作品发表后读者的反响和共鸣……

可以没有爱情，但如果没有对爱情的憧憬，哪里还有青春？可以没有理解，但如果没有对理解的期待，哪里还有创造？可以没有所等的一切，但如果没有等，哪里还有人生？活着总得等待什么，哪怕是等待戈多。有人问贝克特，戈多究竟代表什么，他回答道："我要是知道，早在剧中说出来了。"事实上，我们一生都在等待自己也不知道的什么，生活就在这等待中展开并且获得了理由。等的滋味不免无聊，然而，一无所等的生活更加无聊。不，一无所等是不可能的。即使在一无所等的时候，我们还是在等，等那个有所等的时刻到来。一个人到了连这样的等也没有的地步，就非自杀不可。所以，始终不出场的戈多先生实在是人生舞台的主角，没有他，人生这场戏是演不下去的。

人生唯一有把握不会落空的等是等那必然到来的死。但是，人人都似乎忘了这一点而在等着别的什么，甚至死到临头仍执迷不悟。我对这种情形感到悲哀又感到满意。

1991.1

人生寓言

一　告别遗体的队伍

那支一眼望不到头的队伍缓慢地、肃穆地向前移动着。我站在队伍里，胸前别着一朵小白花，小白花正中嵌着我的照片，别人和我一样，也都佩戴着嵌有自己的照片的小白花。

钟表奏着单调的哀乐。

这是永恒的仪式，我们排着队走向自己的遗体，同它作最后的告别。

我听见有人哭泣着祈祷："慢些，再慢些。"

可等待的滋味是最难受，哪怕是等待死亡，连最怕死的人也失去耐心了。女人们开始结毛衣，拉家常。男人们互相递烟，吹牛，评论队伍里的漂亮女人。那个小伙子伸手触一下排在他前面的姑娘的肩膀，姑娘回头露齿一笑。一位画家打开了画夹。一位音乐家架起了提琴。现在这支队伍沉浸在一片生气勃勃的喧闹声里了。

可怜的人呵，你们在走向死亡！

我笑笑：我没有忘记。这又怎么样呢？生命害怕单调甚于害怕死亡，仅此就足以保证它不可战胜了。它为了逃避单调必须丰富自己，不在乎结局是否徒劳。

二 哲学家和他的妻子

哲学家爱流浪，他的妻子爱定居。不过，她更爱丈夫，所以毫无怨言地跟随哲学家浪迹天涯。每到一地，找到了临时住所，她就立刻精心布置，仿佛这是一个永久的家。

“住这里是暂时的，凑合过吧！”哲学家不以为然地说。

她朝丈夫笑笑，并不停下手中的活。不多会儿，哲学家已经舒坦地把身子埋进妻子刚安放停当的沙发里，吸着烟，沉思严肃的人生问题了。

我忍不住打断哲学家的沉思，说道：“尊敬的先生，别想了，凑合过吧，因为你在这世界上的居住也是暂时的！”

可是，哲学家的妻子此刻正幸福地望着丈夫，心里想：“他多么伟大呵……”

三 幸福的西绪弗斯

西绪弗斯被罚推巨石上山，每次快到山顶，巨石就滚回山脚，他不得不重新开始这徒劳的苦役。听说他悲观沮丧到了极点。

可是，有一天，我遇见正在下山的西绪弗斯，却发现他吹着口哨，迈着轻盈的步伐，一脸无忧无虑的神情。我生平最怕见到大不幸的人，譬如说身患绝症的人，或刚死了亲人的人，因为对他们的不幸，我既不能有所表示，怕犯忌，又不能无所表示，怕显得我没心没肺。所以，看见西绪弗斯迎面走来，尽管不是传说的那副凄苦模样，深知他的不幸身世的我仍感到局促不安，没想到西绪弗斯先开口了，他举起手，对我喊道：

“喂，你瞧，我逮了一只多漂亮的蝴蝶！”

我望着他渐渐远逝的背影，不禁思忖：总有些事情是宙斯的神威鞭长莫及的，那是一些太细小的事情，在那里便有了西绪弗斯（和我们整个人类）的幸福。

四　诗人的花园

诗人想到人生的虚无，就痛不欲生。他决定自杀。他来到一片空旷的野地里，给自己挖了一个坟。他看这坟太光秃，便在周围种上树木和花草。种啊种，他渐渐迷上了园艺，醉心于培育各种珍贵树木和奇花异草，他的成就也终于遐迩闻名，吸引来一批又一批的游人。

有一天，诗人听见一个小女孩问她的妈妈：

“妈妈，这是什么呀？”

妈妈回答：“我不知道，你问这位叔叔吧。”

小女孩的小手指着诗人从前挖的那个坟坑。诗人脸红了。他想了想，说：“小姑娘，这是叔叔特意为你挖的树坑，你喜欢什么，叔叔就种什么。”

小女孩和她的妈妈都高兴地笑了。

我知道诗人在说谎，不过，这一回，我原谅了他。

五　潘多拉的盒子

宙斯得知普罗米修斯把天上的火种偷给了人类，怒不可遏，决定惩罚人类。他下令将女人潘多拉送到人间，并让她随身携带一只密封的盒子作为嫁妆。

我相信新婚之夜发生的事情十分平常。潘多拉受好奇心的驱使，打开了那只盒子，发现里面空无一物，又把它关上了。

可是，男人们却对此传说纷纭。他们说，那天潘多拉打开盒子时，从盒里飞出许多东西，她赶紧关上，盒里只剩下了一样东西。他们一致认为那剩下的东西是希望。至于从盒里飞出了什么东西，他们至今还在争论不休。

有的说：从盒里飞出的全是灾祸，它们撒遍人间，幸亏希望留在我们手中，使我们还能忍受这不幸的人生。

有的说：从盒里飞出的全是幸福，它们逃之夭夭，留在我们手中的希望只是空洞骗人的幻影。

宙斯在天上听到男人们悲观的议论，得意地笑了，他的惩罚已经如愿实施。

天真的潘多拉听不懂男人们的争论，她兀自想道：男人真讨厌，他们对于我的空盒子说了这么多深奥的话，竟没有人想到去买些首饰和化妆品来把它充实。

六 抉 择

一个农民从洪水中救起了他的妻子，他的孩子却被淹死了。

事后，人们议论纷纷。有的说他做得对，因为孩子可以再生一个，妻子却不能死而复活。有的说他做错了，因为妻子可以另娶一个，孩子却不能死而复活。

我听了人们的议论，也感到疑惑难决：如果只能救活一人，究竟应该救妻子呢，还是救孩子？

于是我去拜访那个农民，问他当时是怎么想的。

他答道：“我什么也没想。洪水袭来，妻子在我身边，我抓住她就往附近的山坡游。当我返回时，孩子已经被洪水冲走了。”

归途上，我琢磨着农民的话，对自己说：所谓人生的重大抉择岂非多半如此？

七　罪　犯

一个老实汉子进城，正遇上警察抓小偷，被误抓了起来。审讯时，法官厉声喝道：“你犯了什么罪？从实招来！”

汉子答：“小的不曾犯罪。”

法官冷笑道：“你不曾犯罪，为何偏偏抓你，不抓别人？”

汉子无言以对，于是被定罪，判了一年监禁。

刑满释放后，汉子回到村里，依然老实种地。但他从此遭到了众人的唾弃，连小偷见了也要朝他的背影啐一口唾沫，骂道：“呸，罪犯！”

八　医生、巫婆和佛陀

一个热爱生命的人患了绝症，只有三个月好活了，但他不甘心。

第一个月，他怀着一线希望去找医生，因为他首先是一个相信科学的人。他恳求医生运用最先进的科学手段挽救他的生命。医生照例开了药方，并直言奉告，说这些药只能暂时止痛，不能治病，因为他患的是不治之症。

第二个月，他怀着一点侥幸去找巫婆。既然科学不能救他，他就只好指望他一向斥之为迷信的巫术创造奇迹。巫婆口中念念有词，举手在他头顶上比划一阵，然后预言他必能渡过难关。可惜这预言没有灵验，他的病愈发严重了。

第三个月，他自知大限临头，难逃一死，便怀着一颗绝望的心去找佛陀。在这个没有奇迹的世界上，除了哲学和宗教，还有什么能安慰一个濒死的人呢？听佛陀宣讲了一番四谛、八正道的教理之后，他终于在似是而非的彻悟中瞑目而死了。

九　生命的得失

一个婴儿刚出生就夭折了。一个老人寿终正寝了。一个中年人暴亡了。他们的灵魂在去天国的途中相遇，彼此诉说起了自己的不幸。

婴儿对老人说："上帝太不公平，你活了这么久，而我却等于没活过。我失去了整整一辈子。"

老人回答："你几乎不算得到了生命，所以也就谈不上失去。谁受生命的赐予最多，死时失去的也最多。长寿非福也。"

中年人叫了起来："有谁比我惨！你们一个无所谓活不活，一个已经活够数，我却死在正当年。把生命曾经赐予的和将要赐予的都失去了。"

他们正谈论着，不觉到达天国门前，一个声音在头顶响起：

"众生啊，那已经逝去的和未曾到来的都不属于你们，你们有什么可失去的呢？"

三个灵魂齐声喊道："主啊，难道我们中间没有一个最不幸的人吗？"

上帝答道："最不幸的人不止一个，你们全是，因为你们全都自以为所失最多。谁受这个念头折磨，谁的确就是最不幸的人。"

十　流浪者和他的影子

命运如同一个人的影子，有谁能够摆脱自己的影子呢？

可是，有一天，一个流浪者对于自己的命运实在不堪忍受，便来到一座神庙，请求神允许他和别人交换命运。神说："如果你能找到一个对自己命运完全满意的人，你就和他交换吧。"

按照神的指示，流浪者出发去寻找了。他遍访城市和乡村，竟然找不到一个对自己命运完全满意的人。凡他遇到的人，只要一说起命运，个个摇头叹息，口出怨言。甚至那些王公贵族，达官富豪，名流权威，他们的命运似乎令人羡慕，但他们自己并不满意。事实上，世人所见的确只是他们的命运之河的表面景色，底下许多阴暗曲折唯有他们自己知道。

流浪者终于没有找到一个可以和他交换命运的人。直到今天，他仍然拖着他自己的影子到处流浪。

十一　白兔和月亮

在众多的兔姐妹中，有一只白兔独具审美的慧心。她爱大自然的美，尤爱皎洁的月色。每天夜晚，她来到林中草地，一边无忧无虑地嬉戏，一边心旷神怡地赏月。她不愧是赏月的行家，在她的眼里，月的阴晴圆缺无不各具风韵。

于是，诸神之王召见这只白兔，向她宣布了一个慷慨的决定：

"万物均有所归属。从今以后，月亮归属于你，因为你的赏月之才举世无双。”

白兔仍然夜夜到林中草地赏月。可是，说也奇怪，从前的闲适心情一扫而光了，脑中只绷着一个念头：“这是我的月亮！”她牢牢盯着月亮，就像财主盯着自己的金窖。乌云蔽月，她便紧张不安，唯恐宝藏丢失。满月缺损，她便心痛如割，仿佛遭了抢劫。在她的眼里，月的阴晴圆缺不再各具风韵，反倒险象迭生，勾起了无穷的得失之患。

和人类不同的是，我们的主人公毕竟慧心未灭，她终于去拜见诸神之王，请求他撤消了那个慷慨的决定。

十二　孪生兄弟

生和死是一对孪生兄弟。死对他的哥哥眷恋不舍，生走到哪里，他就跟到哪里。可是，生却讨厌他的这个弟弟，避之唯恐不及。尤其使他扫兴的是，往往在举杯纵饮的时候，死突然出现了，把他满斟的酒杯碰落在地，摔得粉碎。

“你这个冤家，当初母亲既然生我，又何必生你，既然生你，又何必生我！”生绝望地喊道。

“好哥哥，别这么说。没有我，你岂不寂寞？”死心平气和地说。

“永远不！”

“可是你想想，如果没有我和你竞争，你的享乐有何滋味？如果没有我同台演出，你的戏剧岂能精彩？如果没有我给你灵感，你心中怎会涌出美的诗歌，眼前怎会展现美的图画？”

“我宁可寂寞，也不愿见到你！”

“好哥哥，这可办不到。母亲怕你寂寞，才嘱我陪伴你。我这个孝子怎能不从母命？”

于是生来到大自然母亲面前，请求她把可恶的弟弟带走，别让他再纠缠自己。然而，大自然是一位大智大慧的母亲，决不迁就儿子的任性。生只好服从母亲的安排，但并不领会如此安排的好意，所以对死始终怀着一种无可奈何的怨恨心情。

十三　小公务员的死

某机关有一个小公务员，一向过着安分守己的日子。有一天，他忽然得到通知，一位从未听说过的远房亲戚在国外死去，临终指定他为遗产继承人。那是一爿价值万金的珠宝商店。小公务员欣喜若狂，开始忙碌地为出国作种种准备。待到一切就绪，即将动身，他又得到通知，一场大火焚毁了那爿商店，珠宝也丧失殆尽。

小公务员空欢喜一场，重返机关上班。但他似乎变了一个人，整日愁眉不展，逢人便诉说自己的不幸。

“那可是一笔很大的财产啊，我一辈子的薪水还不及它的零头呢。”他说。

同事们原先都嫉妒得要命，现在一齐怀着无比轻松的心情陪着他叹气。唯有一个同事非但不表同情，反而嘲笑他自寻烦恼。

“你不是和从前一样，什么也没有失去吗?”那个同事问道。

“这么一大笔财产，竟说什么也没有失去!”小公务员心疼得叫起来。

“在一个你从未到过的地方，有一爿你从未见过的商店遭了火灾，这与你有什么关系呢?”

“可那是我的商店呀!”

那个同事哈哈大笑，于是被别的同事一致判为幸灾乐祸的人。据说不久以后，小公务员死于忧郁症。

十四 落难的王子

有一个王子，生性多愁善感，最听不得悲惨的故事。每当左右向他禀告天灾人祸的消息，他就流着泪叹息道：“天哪，太可怕了！这事落到我头上，我可受不了!”

可是，厄运终于落到了他的头上。在一场突如其来的战争中，他的父王被杀，母后受辱自尽，他自己也被敌人掳去当了奴隶，受尽非人的折磨。当他终于逃出虎口时，他已经身罹残疾，从此以后流落异国他乡，靠行乞度日。

我是在他行乞时遇到他的，见他相貌不凡，便向他打听身世。听他说罢，我早已泪流满面，发出了他曾经发过的同样的叹息：

“天哪，太可怕了！这事落到我头上，我可受不了!”

谁知他正色道——

“先生，请别说这话。凡是人间的灾难，无论落到谁头上，谁都得受着，而且都受得了——只要他不死。至于死，就更是一件容易的事了。”

落难的王子撑着拐杖远去了。有一天，厄运也落到了我的头上，而我的耳边也响起了那熟悉的叹息：

“天哪，太可怕了……”

十五 执迷者悟

佛招弟子，应试者有三人，一个太监，一个嫖客，一个疯子。

佛首先考问太监："诸色皆空，你知道么？"

太监跪答："知道，学生从不近女色。"

佛一摆手："不近诸色，怎知色空？"

佛又考问嫖客："悟者不迷，你知道么？"

嫖客嬉皮笑脸答："知道，学生享尽天下女色，可对哪个婊子都不迷恋。"

佛一皱眉："没有迷恋，哪来觉悟？"

最后轮到疯子了。佛微睁慧眼，并不发问，只是慈祥地看着他。

疯子捶胸顿足，凄声哭喊："我爱！我爱！"

佛双手合十："善哉，善哉。"

佛收留疯子做弟子，开启他的佛性，终于使他成了正果。

十六　微不足道的事情

有一个善于反省的人，在他生命中的某一天，突然省悟到自己迄今所做的全是微不足道的事情。他想到生命的短暂，不禁为自己虚度了宝贵的光阴而痛心。于是他暗暗发誓，从此一定要万分珍惜光阴，用剩余的生命做成一件最有价值的事情。

许多年过去了，我们的这位朋友始终忠于自己的誓言，不做任何微不足道的事情。他一直在寻找那件足以使他感到不虚此生的最有价值的事情。可是，他没有找到。生命太宝贵了，无论用它来做什么都有点儿可惜。结果，他什么事也没有做，既没有做微不足道的事情，也没有做最有价值的事情。而他的宝贵的生命，却照样在这无所事事中流逝而去。

终于有一天，他又一次反省自己，不愿再这样无所事事地生活；人活着总得做点什么，既然找不到最有价值的事情，就只好做微不足道的事情。所以，现在他怀着一种宿命的安乐心情做着种种微不足道的事情。

1988.11～1991.7

苦难的精神价值

维克多·弗兰克是意义治疗法的创立者，他的理论已成为弗洛伊德、阿德勒之后维也纳精神治疗法的第三学派。第二次世界大战期间，他曾被关进奥斯维辛集中营，受尽非人的折磨，九死一生，只是侥幸地活了下来。在《活出意义来》这本小书中，他回顾了当时的经历。作为一名心理学家，他并非像一般受难者那样流于控诉纳粹的暴行，而是尤能细致地捕捉和分析自己的内心体验以及其他受难者的心理现象，许多章节读来饶有趣味，为研究受难心理学提供了极为生动的材料。不过，我在这里想着重谈的是这本书的另一个精彩之处，便是对苦难的哲学思考。

对意义的寻求是人的最基本的需要。当这种需要找不到明确的指向时，人就会感到精神空虚，弗兰克称之为“存在的空虚”。这种情形普遍地存在于当今西方的“富裕社会”。当这种需要有明确的指向却不可能实现时，人就会有受挫之感，弗兰克称之为“存在的挫折”。这种情形发生在人生的各种逆境或困境之中。

寻求生命意义有各种途径，通常认为，归结起来无非一是创造，以实现内在的精神能力和生命的价值，二是体验，借爱情、友谊、沉思、对大自然和艺术的欣赏等美好经历获得心灵的愉悦。那么，倘若一个人落入了某种不幸境遇，基本上失去了积极创造和正面体验的可能，他的生命是否还有一种意义呢？在这种情况下，人们一般是靠希望活着的，即相信或至少说服自己相信厄运终将过去，然后又能过一种有意义的生活。然而，第一，人生中会有一种可以称作绝境的境遇，所遭遇的苦难是致命的，或者是永久性的，人不复有未来，不复有希望。这正是弗兰克曾经陷入的境遇，因为对于奥斯维辛集中营的战俘来说，煤气室和焚尸炉几乎是不可逃脱的结局。我们还可以举出绝症患者，作为日常生活中的一个相关例子。如果苦难本身毫无价值，则一旦陷入此种境遇，我们就只好承认生活没有任何意义了。第二，不论苦难是否是暂时的，如果把眼前的苦难生活仅仅当做一种虚幻不实的生活，就会如弗兰克所说忽略了苦难本身所提供的机会。他以狱中亲历指出，这种态度是使大多数俘虏丧失生命力的重要原因，他们正因此而放弃了内在的精神自由和真实自我，意志消沉，一蹶不振，彻底成为苦难环境的牺牲品。

所以，在创造和体验之外，有必要为生命意义的寻求指出第三种途径，即肯定苦难本身在人生中的意义。一切宗教都很重视苦难的价值，但认为这种价值仅在于引人出世，通过受苦，人得以救赎原罪，进入天国（基督教），或看破红尘，遁入空门（佛教）。与它们不同，弗兰克的思路属于古希腊以来的人文主义传统，他是站在肯定人生的立场上来发现苦难的意义的。他指出，即使处在最恶劣的境遇中，人仍然拥有一种不可剥夺的精神自由，即可以选择承受苦难的方式。一个人不放弃他的这种“最后的内在自由”，以尊严的方式承受苦难，这种方式本身就是“一项实实在在的内在成就”，因为它所显示的不只是一种个人品质，而且是整个人性的高贵和尊严，证明了这种尊严比任何苦难更有力，是世间任何力量不能将它剥夺的。正是由于这个原因，在人类历史上，伟大的受难者如同伟大的创造者一样受到世世代代的敬仰。也正是在这个意义上，陀思妥耶夫斯基说出了这句耐人寻味的话：“我只担心一件事，就是怕我配不上我所受的苦难。”

我无意颂扬苦难。如果允许选择，我宁要平安的生活，得以自由自在地创造和享受。但是，我赞同弗兰克的见解，相信苦难的确是人生的必含内容，一旦遭遇，它也的确提供了一种机会。人性的某些特质，唯有借此机会才能得到考验和提高。一个人通过承受苦难而获得的精神价值是一笔特殊的财富，由于它来之不易，就决不会轻易丧失。而且我相信，当他带着这笔财富继续生活时，他的创造和体验都会有一种更加深刻的底蕴。

1996.10

困惑与觉悟

一

我不相信一切所谓人生导师。在这个没有上帝的世界上，谁敢说自己已经贯通一切歧路和绝境，因而不再困惑，也不再需要寻找了？

至于我，我将永远困惑，也永远寻找。困惑是我的诚实，寻找是我的勇敢。

二

他们到了四十岁，于是学着孔夫子的口吻谈论起“不惑”之年来。可是，他们连惑也不曾有过，又如何能不惑呢？

三

人生是一场无结果的试验。因为无结果，所以怎样试验都无妨。也因为无结果，所以怎样试验都不踏实。

四

人生没有一个终极背景，这一点既决定了人生的荒谬性，又决定了人的自由。犹如做梦，在梦中一切都是荒谬的，一切又都可以随心所欲。当然，只有知道自己是在做梦的人才能够随心所欲。但在梦中知道自己是在做梦的人太少了。所以，一般人既不感到人生是荒谬的，也不知道自己是自由的。就后者来说，他们是不幸的。就前者来说，他们又是幸运的。

五

有人说，人生到处是陷阱，从一个陷阱跳出来，又掉入了另一个陷阱里。可是，尽管如此，你还是想跳，哪怕明知道另一个更深的陷阱在等着你。最不能忍受的是永远呆在同一个陷阱里。也许，自由就寓于跳的过程中。

六

敏感与迟钝殊途同归。前者对人生看得太透，后者对人生看得太浅，两者得出相同的结论：人生没有意思。要活得有意思，应该在敏感与迟钝之间。

七

在这个世界上，一个人重感情就难免会软弱，求完美就难免有遗憾。也许，宽容自己这一点软弱，我们就能坚持；接受人生这一点遗憾，我们就能平静。

八

最凄凉的不是失败者的哀鸣，而是成功者的悲叹。在失败者心目中，人间尚有值得追求的东西：成功。但获得成功仍然悲观的人，他的一切幻想都破灭了，他已经无可追求。失败者仅仅悲叹自己的身世；成功者若悲叹，必是悲叹整个人生。

九

在无穷岁月中，王朝更替只是过眼烟云，千秋功业只是断碑残铭。此种认识，既可开阔胸怀，造就豪杰，也可消沉意志，培育弱者。看破红尘的后果是因人而异的。

十

执著是惑，悲观何尝不是惑？因为看破红尘而绝望、厌世乃至轻生，骨子里还是太执著，看不破，把红尘看得太重。这就好像一个热恋者急忙逃离不爱他的心上人一样。真正的悟者则能够从看破红尘获得一种眼光和睿智，使他身在红尘也不被红尘所惑，入世仍保持着超脱的心境。假定他是那个热恋者，那么现在他已经从热恋中解脱出来，对于不爱他的心上人既非苦苦纠缠，亦非远远躲避，而是可以平静地和她见面了。

十一

凡活着的人，谁也摆脱不了人生这个大梦。即使看破人生，皈依佛门，那灭绝苦乐的涅槃境界仍是一个梦。不过，能够明白这一点，不以觉者自居，也就算得上是觉者了。

追问意义

一

人是唯一能追问自身存在之意义的动物。这是人的伟大之处，也是人的悲壮之处。

“人是万物的尺度。”人把自己当做尺度去衡量万物，寻求万物的意义。可是，当他寻找自身的意义时，用什么作尺度呢？仍然用人吗？尺度与对象同一，无法衡量。用人之外的事物吗？人又岂肯屈从他物，这本身就贬低了人的存在的意义。意义的寻求使人陷入二律背反。

二

也许，意义永远是不确定的。寻求生命的意义，所贵者不在意义本身，而在寻求，意义就寓于寻求的过程之中。我们读英雄探宝的故事，吸引我们的并不是最后找到的宝物，而是探宝途中惊心动魄的历险情境。寻求意义就是一次精神探宝。

三

维持和繁衍生命是人的动物性，寻求生命的意义则是人的神性。但人终究不是神，所以，意义是一个悖论的领域。其中，生与死、爱与孤独是两项最大悖论。

四

假如有许多次人生，活着会更容易吗？假如有许多个我，爱会更轻松吗？

其实，许多次人生仍然只是一次有限的人生，就像许多张钞票仍然只是一笔会花光的钱一样。

五

人生意义问题是一切人生思考的总题目和潜台词，因为它的无所不包和无处不在，我们就始终在回答它又始终不能给出一个简单的答案。

六

“万物归一，一归何处？”

发问者看到的是一幅多么绝望的景象：那初始者、至高者、造物主、上帝也是一个流浪者！

不要跟我玩概念游戏，说什么万物是存在者，而一是存在本身。

七

在具体的人生中，每一个人对于意义问题的真实答案很可能不是来自他的理论思考，而是来自他的生活实践，具有事实的单纯性。

八

生命的终极意义问题是无解的，或者更糟，答案是否定的。无论我们怎样殚精竭虑，只要不自欺欺人，我们在这方面决不可能有新的收获。在明白了这一点以后，明智的办法是把这个问题悬置起来，尽量不想或少想它。这样，在已知的限度内，我们反而能更好地安排人生。

九

为什么活着？由于生命本身并无目的，这个问题必然会悄悄转化为另一个问题：怎样活着？我们为生命设置的目的，包括上帝、艺术、事业、爱情等等，实际上都只是我们用以度过无目的的生命的手段而已，而生命本身则成了目的。

十

应该怎么生活？这是一个会令一切智者狼狈的问题。也许，一个人能够明白不应该怎么生活，他就可以算得上是一个智者了。

十一

对于人生，我们无法想得太多太远。那越过界限的思绪终于惘然不知所之，不得不收回来，满足于知道自己此刻还活着，对于今天和明天的时光作些实际的安排。

十二

人生的内容：$a+b+c+d+\cdots\cdots$

人生的结局：0

人生的意义：$(a+b+c+d+\cdots\cdots)\times 0=0$

尽管如此，人仍然想无限制地延长那个加法运算，不厌其长。这就是生命的魔力。

十三

目的只是手段，过程才是目的。对过程不感兴趣的人，是不会有生存的乐趣的。

十四

人生的终点是死，是虚无，在终点找不到意义。于是我们只好说：意义在于过程。然而，当过程也背叛我们的时候，我们又把眼光投向终点，安慰自己说：既然结局都一样，何必在乎过程？

人的悲壮

一

在极其无聊的时候，有时我会突然想到造物主的无聊。是的，他一定是在最无聊而实在忍受不下去的时候，才造出人来的。人是他的一个恶作剧，造出来替他自己解闷儿。他无休无止地活在一个无始无终的世界上，当然会无聊，当然需要解闷儿。假如我有造物主的本领，当我无聊时说不定也会造一些小生灵给自己玩玩。

二

让我换一种说法——

这是一个荒谬的宇宙，永远存在着，变化着，又永远没有意义。它为自身的无意义而苦闷。人就是它的苦闷的产物。

所以，人的诞生，本身是对无意义的一个抗议。

三

在希腊神话中，造人的不是至高无上的神——宙斯，而是反抗宙斯的意图因而受到酷刑惩罚的普罗米修斯。这要比基督教的创世说包含更多的真理。人类的诞生是反抗上帝意志的结果。

四

假如海洋上那一个个旋生旋灭的泡沫有了意识，它们一定会用幻想的彩虹映照自己，给自己涂上绚丽的颜色，它们一定会把自己的迸裂想象成一种悲壮的牺牲，觉得自己是悲剧中的英雄。我赞美这些美丽而崇高的泡沫。

五

自由，正义，美，真理，道德，爱，理想，进步……这一切美好的词眼，在人类心目中是一种安慰，由一位神的眼光看来却是一种讽刺。

六

人这脆弱的芦苇是需要把另一支芦苇想象成自己的

根的。

七

人渴望完美而不可得，这种痛苦如何才能解除？

我答道：这种痛苦本身就包含在完美之中，把它解除了反而不完美了。

我心中想：这么一想，痛苦也就解除了。接着又想：完美也失去了。

八

给人带来最大快乐的是人，给人带来最大痛苦的也是人。

九

人是天生的猜谜者。他的惊奇的目光所至，无处不是谜，而他置身于其中的宇宙就是一个永恒之谜。可是，到头来他总是发现，最大的谜还是他自己。人的心灵神游五湖四海之外，最后又回到自身，对世间这最奇妙的现象凝神思索。

论幸福

一

“幸福”这个概念的确切含义：“活得有意义”的鲜明感觉。它必须通过反思，所以会有“身在福中不知福”之说。幸福只是灵魂的事，肉体只会有快感，不会有幸福感。

二

幸福问题与人生意义问题有着极密切的联系，一个人对幸福的理解与他对人生意义的认识往往是一致的。但两者仍不是一回事，我们不妨考虑一个简单的事实：许多伟人的一生绝不能说是幸福的。由此看来，幸福是否是人生的目标和最高价值，这个问题至少是可以争论的。

三

幸福的和不幸的人呵，仔细想想，这世界上有谁是真正幸福的，又有谁是绝对不幸的?!

四

幸福是有限的，因为上帝的赐予本来就有限。痛苦是有限的，因为人自己承受痛苦的能力有限。

五

幸福属于天国，快乐才属于人间。

六

幸福是一个抽象概念，从来不是一个事实。相反，痛苦和不幸却常常具有事实的坚硬性。

七

幸福是一种一开始人人都自以为能够得到、最后没有一个人敢说已经拥有的东西。

八

幸福和上帝差不多，只存在于相信它的人心中。

九

幸福喜欢捉迷藏。我们年轻时，它躲藏在未来，引诱我们前去寻找它。曾几何时，我们发现自己已经把它错过，于是回过头来，又在记忆中寻找它。

十

幸福是一种苟且，不愿苟且者不可能幸福。我们只能接受生存的荒谬，我们的自由仅在于以何种方式接受。我们不哀哭，我们自得其乐地怠慢它，居高临下地嘲笑它，我们的接受已经包含着反抗了。

十一

幸福的反面是灾祸，而非痛苦。痛苦中可以交织着幸福，但灾祸绝无幸福可言。另一方面，痛苦的解除未必就是幸福，也可能是无聊。可是，当我们从一个灾祸中脱身出来的时候，我们差不多是幸福的了。

“大难不死，必有后福。”其实，“大难不死”即福，何需乎后福？

十二

聪明人嘲笑幸福是一个梦，傻瓜到梦中去找幸福，两者都不承认现实中有幸福。看来，一个人要获得实在的幸福，就必须既不太聪明，也不太傻。人们把这种介于聪明和傻之间的状态叫做生活的智慧。

十三

幸福是一个心思诡谲的女神，但她的眼光并不势利。权力能支配一切，却支配不了命运。金钱能买来一切，却买不来幸福。

十四

一切灾祸都有一个微小的起因，一切幸福都有一个平庸的结尾。

十五

自己未曾找到伟大的幸福的人，无权要求别人拒绝平凡的幸福。自己已经找到伟大的幸福的人，无意要求别人拒绝平凡的幸福。

十六

我爱人世的不幸胜过爱天堂的幸福。我爱我的不幸胜过爱他人的幸福。

寻常的苦难

一

我们总是想，今天如此，明天也会如此，生活将照常进行下去。

然而，事实上迟早会有意外事件发生，打断我们业已习惯的生活，总有一天我们的列车会突然翻出轨道。

“天有不测风云”——不测风云乃天之本性，“人有旦夕祸福”——旦夕祸福是无所不包的人生的题中应有之义，任何人不可心存侥幸，把自己独独看做例外。

二

一个人只要真正领略了平常苦难中的绝望，他就会明白，一切美化苦难的言辞是多么浮夸，一切炫耀苦难的姿态是多么做作。

三

不要对我说：苦难净化心灵，悲剧使人崇高。默默之中，苦难磨钝了多少敏感的心灵，悲剧毁灭了多少失意的英雄。何必用舞台上的绘声绘色，来掩盖生活中的无声无息！

四

浪漫主义在痛苦中发现了美感，于是为了美感而寻找痛苦，夸大痛苦，甚至伪造痛苦。然而，假的痛苦有千百种语言，真的痛苦却没有语言。

五

人天生是软弱的，唯其软弱而犹能承担起苦难，才显出人的尊严。我厌恶那种号称铁石心肠的强者，蔑视他们一路旗开得胜的骄横。只有以软弱的天性勇敢地承受着寻常苦难的人们，才是我的兄弟姐妹。

六

我们不是英雄。做英雄是轻松的，因为他有净化和升华。做英雄又是沉重的，因为他要演戏。我们只是忍受着人间寻常苦难的普通人。

七

面对无可逃避的厄运和死亡，绝望的人在失去一切慰藉之后，总还有一个慰藉，便是在勇敢承受命运时的尊严感。由于降灾于我们的不是任何人间的势力，而是大自然本身，因此，在我们的勇敢中体现出的乃是人的最高尊严——人在神面前的尊严。

八

人们爱你，疼你，但是一旦你患了绝症，注定要死，人们也就渐渐习惯了，终于理智地等待着那个日子的来临。

然而，否则又能怎样呢？望着四周依然欢快生活着的人们，我对自己说：人类个体之间痛苦的不相通也许正是人类总体仍然快乐的前提。那么，一个人的灾难对于亲近和不亲近的人们的生活几乎不发生任何影响，这就对了。

九

幸运者对别人的不幸或者同情，或者隔膜，但是，比两者更强烈的也许是侥幸：幸亏遭灾的不是我！

不幸者对别人的幸运或者羡慕，或者冷淡，但是，比两者更强烈的也许是委屈：为何遭灾的偏是我！

十

不幸者需要同伴。当我们独自受难时，我们会感到不能忍受命运的不公正甚于不能忍受苦难的命运本身。相反，受难者人数的增加仿佛减轻了不公正的程度。我们对于个别人死于非命总是惋叹良久，对于成批杀人的战争却往往无动于衷。仔细分析起来，同病相怜的实质未必是不幸者的彼此同情，而更是不幸者各以他人的不幸为自己的安慰，亦即幸灾乐祸。这当然是愚蠢的。不过，无可告慰的不幸者有权得到安慰，哪怕是愚蠢的安慰。

十一

一个经历过巨大灾难的人就好像一座经历过地震的城市，虽然在废墟上可以建立新的房屋和生活，但内心有一些东西已经永远地沉落了。

痛苦的价值

一

快感和痛感是肉体感觉，快乐和痛苦是心理现象，而幸福和苦难则仅仅属于灵魂。幸福是灵魂的叹息和歌唱，苦难是灵魂的呻吟和抗议，在两者中凸现的是对生命意义的或正或负的强烈体验。

幸福是生命意义得到实现的鲜明感觉。一个人在苦难中也可以感觉到生命意义的实现乃至最高的实现，因此苦难与幸福未必是互相排斥的。但是，在更多的情况下，人们在苦难中感觉到的却是生命意义的受挫。我相信，即使是这样，只要没有被苦难彻底击败，苦难仍会深化一个人对于生命意义的认识。

二

痛苦和欢乐是生命力的自我享受。最可悲的是生命力的乏弱，既无欢乐，也无痛苦。

三

欢乐与欢乐不同，痛苦与痛苦不同，其间的区别远远超过欢乐与痛苦的不同。对于一个视人生感受为最宝贵财富的人来说，欢乐和痛苦都是收入，他的账本上没有支出。这种人尽管敏感，却有很强的生命力，因为在他眼里，现实生活中的祸福得失已经降为次要的东西，命运的打击因心灵的收获而得到了补偿。陀思妥耶夫斯基在赌场上输掉的，却在他描写赌徒心理的小说中极其辉煌地赢了回来。

四

对于沉溺于眼前琐屑享受的人，不足与言真正的欢乐。对于沉溺于眼前琐屑烦恼的人，不足与言真正的痛苦。

五

我相信人有素质的差异。苦难可以激发生机，也可以扼杀生机；可以磨炼意志，也可以摧垮意志；可以启迪智慧，也可以蒙蔽智慧；可以高扬人格，也可以贬抑人格——全看受苦者的素质如何。素质大致规定了一个人承受苦难的限度，在此限度内，苦难的锤炼或可助人成才，超出此则会把人击碎。

这个限度对幸运同样适用。素质好的人既能承受大苦难，也能承受大幸运，素质差的人则可能兼毁于两者。

六

痛苦是性格的催化剂，它使强者更强，弱者更弱，暴者更暴，柔者更柔，智者更智，愚者更愚。

七

知道痛苦的价值的人，不会轻易向别人泄露和展示自己的痛苦，哪怕是最亲近的人。

八

喜欢谈论痛苦的往往是不识愁滋味的少年，而饱尝人间苦难的老年贝多芬却唱起了欢乐颂。

九

佛的智慧把爱当做痛苦的根源而加以弃绝，扼杀生命的意志。我的智慧把痛苦当做爱的必然结果而加以接受，化为生命的财富。

任何智慧都不能使我免于痛苦，我只愿有一种智慧足以使我不毁于痛苦。

十

对于别人的痛苦，我们的同情一开始可能相当活跃，但一旦痛苦持续下去，同情就会消退。我们在这方面的耐心远远不如对于别人的罪恶的耐心。一个我们不得不忍受的别人的罪恶仿佛是命运，一个我们不得不忍受的别人的痛苦却几乎是罪恶了。

我并非存心刻薄，而是想从中引出一个很实在的结论：当你遭受巨大痛苦时，你要自爱，懂得自己忍受，尽量不用你的痛苦去搅扰别人。

十一

在多数情况下，同情伤害了痛苦者的自尊。如果他是强者，你把他当弱者来同情，是一种伤害。如果他是弱者，你的同情只会使他更不求自强，也是一种伤害。

十二

如同肉体的痛苦一样，精神的痛苦也是无法分担的。别人的关爱至多只能转移你对痛苦的注意力，却不能改变痛苦的实质。甚至在一场共同承受的苦难中，每人也必须独自承担自己的那一份痛苦，这痛苦并不因为有一个难友而有所减轻。

十三

痛苦使人深刻，但是，如果生活中没有欢乐，深刻就容易走向冷酷。未经欢乐滋润的心灵太硬，它缺乏爱和宽容。

十四

人生在世，总会遭受不同程度的苦难，世上并无绝对的幸运儿。所以，不论谁想从苦难中获得启迪，该是不愁缺乏必要的机会和材料的。世态炎凉，好运不过尔尔。那种一交好运就得意忘形的浅薄者，我很怀疑苦难能否使他们变得深刻一些。

人得救靠本能

一

人生的重大苦难都起于关系。对付它的方法之一便是有意识地置身在关系之外，和自己的遭遇拉开距离。例如，在失恋、亲人死亡或自己患了绝症时，就想一想恋爱关系、亲属关系乃至自己的生命的纯粹偶然性，于是获得一种类似解脱的心境。佛教的因缘说庶几近之，然而，毕竟身在其中，不是想跳就能跳出来的。无我的空理易明，有情的尘缘难断。认识到因缘的偶然是一回事，真正看破因缘又是一回事。所以，佛教要建立一套烦琐复杂的戒律，借以把它的哲学观念转化为肉体本能。

二

身处一种旷日持久的灾难之中，为了同这灾难拉开一个心理距离，可以有种种办法。乐观者会尽量“朝前看”，把眼光投向雨过天晴的未来，看到灾难的暂时性，从而怀抱一种希望。悲观者会尽量居高临下地“俯视”

灾难，把它放在人生虚无的大背景下来看，看破人间祸福的无谓，从而产生一种超脱的心境。倘若我们既非乐观的诗人，亦非悲观的哲人，而只是得过且过的普通人，我们仍然可以甚至必然有意无意地掉头不看眼前的灾难，尽量把注意力放在生活中尚存的别的欢乐上，哪怕是些极琐屑的欢乐，只要我们还活着，这类欢乐是任何灾难都不能把它们彻底消灭掉的。所有这些办法，实质上都是逃避，而逃避常常是必要的。

如果我们骄傲得不肯逃避，或者沉重得不能逃避，怎么办呢？

剩下的唯一办法是忍。

我们终于发现，忍受不可忍受的灾难是人类的命运。接着我们又发现，只要咬牙忍受，世上并无不可忍受的灾难。

三

古人曾云：忍为众妙之门。事实上，对于人生种种不可躲避的灾祸和不可改变的苦难，除了忍，别无他法。忍也不是什么妙法，只是非如此不可罢了。不忍又能怎样？所谓超脱，不过是寻找一种精神上的支撑，从而较能够忍，并非不需要忍了。一切透彻的哲学解说都改变不了任何一个确凿的灾难事实。佛教教人看透生老病死之苦，但并不能消除生老病死本身，苦仍然是苦，无论怎么看透，身受时还是得忍。

当然，也有忍不了的时候，结果是肉体的崩溃——死亡，精神的崩溃——疯狂，最糟则是人格的崩溃——从此委靡不振。

如果不想毁于灾难，就只能忍。忍是一种自救，即使自救不了，至少也是一种自尊。以从容平静的态度忍受人生最悲惨的厄运，这是处世做人的基本功夫。

四

定理一：人是注定要忍受不可忍受的苦难的。由此推导出定理二：所以，世上没有不可忍受的苦难。

五

对于人生的苦难，除了忍，别无他法。一切透彻的哲学解释不能改变任何一个确凿不移的灾难事实。例如面对死亡，最好的哲学解释也至多只能解除我们对于恐惧的恐惧，而不能解除恐惧本身，因为这后一层恐惧属于本能，我们只能带着它接受宿命。

六

张鸣善《普天乐》：“风雨儿怎当？风雨儿定当。风雨儿难当！”这三句话说出了人们对于苦难的感受的三个阶段：事前不敢想象，到时必须忍受，过后不堪回首。

七

人生无非是等和忍的交替。有时是忍中有等，绝望中有期待。到了一无可等的时候，就最后忍一忍，大不了是一死，就此彻底解脱。

八

着眼于过程，人生才有幸福或痛苦可言。以死为背景，一切苦乐祸福的区别都无谓了。因此，当我们身在福中时，我们尽量不去想死的背景，以免败坏眼前的幸福。一旦苦难临头，我们又尽量去想死的背景，以求超脱当下的苦难。

九

生命连同它的快乐和痛苦都是虚幻的——这个观念

对于快乐是一个打击，对于痛苦未尝不是一个安慰。用终极的虚无淡化日常的苦难，用彻底的悲观净化尘世的哀伤，这也许是悲观主义的智慧吧。

十

我们不可能持之以恒地为一个预知的灾难结局悲伤。悲伤如同别的情绪一样，也会疲劳，也需要休息。

以旁观者的眼光看死刑犯，一定会想象他们无一日得安生，其实不然。因为，只要想一想我们自己，谁不是被判了死刑的人呢？

十一

习惯，疲倦，遗忘，生活琐事……苦难有许多貌不惊人的救星。人得救不是靠哲学和宗教，而是靠本能，正是生存本能使人类和个人历尽劫难而免于毁灭，各种哲学和宗教的安慰也无非是人类生存本能的自勉罢了。

人都是得过且过，事到临头才真急。达摩克利斯之剑悬在头上，仍然不知道疼。砍下来，只要不死，好了伤疤又忘疼。最拗不过的是生存本能以及由之产生的日常生活琐事，正是这些琐事分散了人对苦难的注意，使苦难者得以休养生息，走出泪谷。

十二

只要生存本能犹在，人在任何处境中都能为自己编织希望，哪怕是极可怜的希望。陀思妥耶夫斯基笔下的终身苦役犯，服刑初期被用铁链拴在墙上，可他们照样有他们的希望：有朝一日能像别的苦役犯一样，被允许离开这堵墙，戴着脚镣走动。如果没有任何希望，没有一个人能够活下去。即使是最彻底的悲观主义者，他们的彻底也仅是理论上的，在现实生活中，生存本能仍然驱使他们不断受小小的希望鼓舞，从而能忍受这遭到他们否定的人生。

十三

请不要责备“好了伤疤忘了疼”。如果生命没有这样的自卫本能，人如何还能正常地生活，世上还怎会有健康、勇敢和幸福？古往今来，天灾人祸，留下过多少伤疤，如果一一记住它们的疼痛，人类早就失去了生存的兴趣和勇气。人类是在忘却中前进的。

十四

许多时候人需要遗忘，有时候人还需要装做已经遗忘——我当然是指在自己面前，而不只是在别人面前。

十五

离一种灾祸愈远，我们愈觉得其可怕，不敢想象自己一旦身陷其中会怎么样。但是，当我们真的身陷其中时，犹如落入台风中心，反倒有了一种意外的平静。我们会发现，人的忍受力和适应力是惊人的，几乎能够在任何境遇中活着，或者——死去，而死也不是不能忍受和适应的。

十六

对于一切悲惨的事情，包括我们自己的死，我们始终是又适应又不适应，有时悲观有时达观，时而清醒时而麻木，直到最后都是如此。到死时，不适应也适应了，不适应也无可奈何了，不适应也死了。

和命运结伴而行

一

命运主要由两个因素决定：环境和性格。环境规定了一个人的遭遇的可能范围，性格则规定了他对遭遇的反应方式。由于反应方式不同，相同的遭遇就有了不同的意义，因而也就成了本质上不同的遭遇。我在此意义上理解赫拉克利特的这一名言："性格即命运"。

但是，这并不说明人能决定自己的命运，因为人不能决定自己的性格。

性格无所谓好坏，好坏仅在于人对自己的性格的使用，在使用中便有了人的自由。

二

命运是不可改变的，可改变的只是我们对命运的态度。

三

就命运是一种神秘的外在力量而言，人不能支配命运，只能支配自己对命运的态度。一个人愈是能够支配自己对于命运的态度，命运对于他的支配力量就愈小。

四

狂妄的人自称命运的主人，谦卑的人甘为命运的奴隶。除此之外还有一种人，他照看命运，但不强求，接受命运，但不卑怯。走运时，他会抑揄自己的好运。倒运时，他又会调侃自己的厄运。他不低估命运的力量，也不高估命运的价值。他只是做命运的朋友罢了。

五

塞涅卡说：愿意的人，命运领着走；不愿意的人，命运拖着走。他忽略了第三种情况：和命运结伴而行。

六

“愿意的人，命运领着走。不愿意的人，命运拖着走。”太简单一些了吧？活生生的人总是被领着也被拖着，抗争着但终于不得不屈服。

七

昔日的同学走出校门，各奔东西，若干年后重逢，便会发现彼此在做着很不同的事，在名利场上的沉浮也相差悬殊。可是，只要仔细一想，你会进一步发现，各人所走的道路大抵有线索可寻，符合各自的人格类型和性格逻辑，说得上各得其所。

上帝借种种偶然性之手分配人们的命运，除开特殊的天灾人祸之外，它的分配基本上是公平的。

八

偶然性是上帝的心血来潮，它可能是灵感喷发，也可能只是一个恶作剧，可能是神来之笔，也可能只是一个笔误。因此，在人生中，偶然性便成了一个既诱人又恼人的东西。我们无法预测会有哪一种偶然性落到自己头上，所能做到的仅是——如果得到的是神来之笔，就不要辜负了它；如果得到的是笔误，就精心地修改它，使它看起来像是另一种神来之笔，如同有的画家把偶然落到画布上的污斑修改成整幅画的点睛之笔那样。当然，在实际生活中，修改上帝的笔误绝非一件如此轻松的事情，有的人为此付出了毕生的努力，而这努力本身便展现为辉煌的人生历程。

九

人活世上，第一重要的还是做人，懂得自爱自尊，使自己有一颗坦荡又充实的灵魂，足以承受得住命运的打击，也配得上命运的赐予。倘能这样，也就算得上做命运的主人了。

第二辑　灵魂守望

灵魂是人的精神生活的真正所在地，在这里，每个人最内在深邃的“自我”直接面对永恒，追问有限生命的不朽意义。

有所敬畏

在这个世界上，有的人信神，有的人不信，由此而区分为有神论者和无神论者，宗教徒和俗人。不过，这个区分并非很重要。还有一个比这重要得多的区分，便是有的人相信神圣，有的人不相信，人由此而分出了高尚和卑鄙。

一个人可以不信神，但不可以不相信神圣。是否相信上帝、佛、真主或别的什么主宰宇宙的神秘力量，往往取决于个人所隶属的民族传统、文化背景和个人的特殊经历，甚至取决于个人的某种神秘体验，这是勉强不得的。一个没有这些宗教信仰的人，仍然可能是一个善良的人。然而，倘若不相信人世间有任何神圣价值，百无禁忌，为所欲为，这样的人就与禽兽无异了。

相信神圣的人有所敬畏。在他心目中，总有一些东西属于做人的根本，是亵渎不得的。他并不是害怕受到惩罚，而是不肯丧失基本的人格。不论他对人生怎样充满着欲求，他始终明白，一旦人格扫地，他在自己面前竟也失去了做人的自信和尊严，那么，一切欲求的满足都不能挽救他的人生的彻底失败。

相反，对于那些毫无敬畏之心的人来说，是不存在人格上的自我反省的。如果说“知耻近乎勇”，那么，这种人因为不知耻便显出一种卑怯的无赖相和残忍相。只要能够不受惩罚，他们可以在光天化日下干任何恶事，欺负、迫害乃至残杀无辜的弱者。盗匪之中，多这种愚昧兼无所敬畏之徒。一种消极的表现则是对他人生命的极端冷漠，见死不救，如今这类事既频频发生在众多路人旁观歹徒行凶的现场，也频频发生在号称治病救人实则草菅人命的某些医院里。类似行为每每使善良的人们不解，因为善良的人们无法相信，世上竟然真的会有这样丧失起码人性的人。在一个正常社会里，这种人总是极少数，并且会受到法律或正义力量的制裁。可是，当一个民族普遍丧失对神圣价值的信念时，这种人便可能相当多地滋生出来，成为触目惊心的颓败征兆。

赤裸裸的凶蛮和冷漠只是不知耻的粗糙形式，不知耻还有稍微精致一些的形式。有的人有很高的文化程度，仍然可能毫无敬畏之心。他可以玩弄真心爱他的女人，背叛诚恳待他的朋友，然后装出一副无辜的面孔。他的足迹所到之处，再神圣的东西也敢践踏，再美好的东西也敢毁坏，而且内心没有丝毫不安。不论他的头脑里有多少知识，他的心是蒙昧的，真理之光到不了那里。这样的人有再多的艳遇，也没有能力真正爱一回，交再多的哥们儿，也体味不了友谊的纯正，获取再多的名声，也不知什么是光荣。我对此深信不疑：不相信神圣的人，必被世上一切神圣的事物所抛弃。

1996.1

与世界建立精神关系

对于各种不杀生、动物保护、素食主义的理论和实践，过去我都不甚看重，不承认它们具有真正的伦理意义，只承认有生态的意义。在我眼里，凡是把这些东西当做一种道德信念遵奉的人都未免小题大做，不适当地扩大了伦理的范围。我认为伦理仅仅与人类有关，在人类对自然界其他物种的态度上不存在精神性的伦理问题，只存在利益问题，生态保护也无非是要为人类的长远利益考虑罢了。我还认为若把这类理论伦理学化，在实践上是完全行不通的，彻底不杀生只会导致人类灭绝。可是，在了解了史怀泽所创立的“敬畏生命”伦理学的基本内容之后，我的看法有了很大改变。

史怀泽是本世纪最伟大的人道主义者之一，也是动物保护运动的早期倡导者。他明确地提出：“只有当人认为所有生命，包括人的生命和一切生物的生命都是神圣的时候，他才是伦理的。”他的出发点不是简单的恻隐之心，而是由生命的神圣性所唤起的敬畏之心。何以一切生命都是神圣的呢？对此他并未加以论证，事实上也是无法论证的。他承认敬畏生命的世界观是一种“伦理神秘主义”，也就是说，它基于我们的内心体验，而非对世界过程的完整认识。世界的精神本质是神秘的，我们不能认识它，只能怀着敬畏之心爱它、相信它。一切生命都源自它，“敬畏生命”的命题因此而成立。这是一个基本的信念，也许可以从道教、印度教、基督教中寻求其思想资源，对于史怀泽来说，重要的是通过这个基本的信念，人就可以与世界建立一种精神关系。

与世界建立精神关系——这是一个很好的提法，它简洁地说明了信仰的实质。任何人活在世上，总是和世界建立了某种关系。但是，认真说来，人的物质活动、认知活动和社会活动仅是与周围环境的关系，而非与世界整体的关系。在每一个人身上，随着肉体以及作为肉体之一部分的大脑死亡，这类活动都将彻底终止。唯有人的信仰生活是指向世界整体的。所谓信仰生活，未必要皈依某一种宗教，或信奉某一位神灵。一个人不甘心被世俗生活的浪潮推着走，而总是想为自己的生命确定一个具有恒久价值的目标，他便是一个有信仰生活的人。因为当他这样做时，他实际上对世界整体有所关切，相信它具有一种超越的精神本质，并且努力与这种本质建立联系。史怀泽非常欣赏罗马的斯多噶学派和中国的老子，因为他们都使人通过一种简单的思想而与世界建立了精神关系。的确，作为信仰生活的支点的那一个基本信念无须复杂，相反往往是简单的，但必须是真诚的。人活一世，有没有这样的支点，人生内涵便大不一样。当然，信仰生活也不能使人逃脱肉体的死亡，但它本身具有超越死亡的品格，因为世界整体的精神本质借它而得到了显现。在这个意义上，史怀泽宣称，甚至将来必定会到来的人类毁灭也不能损害它的价值。

我的印象是，史怀泽是在为失去信仰的现代人重新寻找一种精神生活的支点。他的确说：真诚是精神生活的基础，而现代人已经失去了对真诚的信念，应该帮助他们重新走上思想之路。他之所以创立敬畏生命的伦理学，用意盖在于此。可以想象，一个敬畏一切生命的人对于人类的生命是会更珍惜，对于自己的生命是会更负责的。史怀泽本人就是怀着这一信念，几乎毕生圣徒般地在非洲一个小地方行医。相反，那种见死不救、草菅人命的医生，其冷酷的行径恰恰暴露了内心的毫无信仰。我相信人们可由不同的途径与世界建立精神关系，敬畏生命的世界观并非现代人唯一可能的选择。但是，一切简单而伟大的精神都是相通的，在那道路的尽头，它们殊途而同归。说到底，人们只是用不同的名称称呼同一个光源罢了，受此光源照耀的人都走在同一条道路上。

1997.3

在黑暗中并肩行走

人们常常说，人与人之间，尤其相爱的人之间，应该互相了解和理解，最好做到彼此透明，心心相印。史怀泽却在《我的青少年时代》中说，这是不可能的，即使可能，任何人也无权对别人提出这种要求。“不仅存在着肉体上的羞耻，而且还存在着精神上的羞耻，我们应该尊重它。心灵也有其外衣，我们不应脱掉它。”如同对于上帝的神秘一样，对于他人灵魂的神秘，我们同样不能像看一本属于自己的书那样去阅读和认识，而只能给予爱和信任。每个人对于别人来说都是一个秘密，我们应该顺应这个事实。相爱的人们也只是“在黑暗中并肩行走”，所能做到的仅是各自努力追求心中的光明，并互相感受到这种努力，互相鼓励，而“不需要注视别人的脸和探视别人的心灵”。

读着这些精彩无比的议论，我无言而折服，它们使我瞥见了史怀泽的“敬畏生命”伦理学的深度。凡是有着深刻而丰富的内心生活的人，必然会深知一切精神事物的神秘性并对之充满敬畏之情，史怀泽就是这样的一个人。在他看来，一切生命现象都是世界某种神秘的精神本质的显现，由此他提出了敬畏一切生命的主张。在一切生命现象中，尤以人的心灵生活最接近世界的这种精神本质。因而，他认为对于敬畏世界之神秘本质的人来说，“敬畏他人的精神本质”乃是不言而喻的事情。

以互相理解为人际关系的鹄的，其根源就在于不懂得人的心灵生活的神秘性。按照这一思路，人们一方面非常看重别人是否理解自己，甚至公开索取理解。至少在性爱中，索取理解似乎成了一种最正当的行为，而指责对方不理解自己则成了最严厉的谴责，有时候还被用作破裂前的最后通牒。另一方面，人们又非常踊跃地要求理解别人，甚至以此名义强迫别人袒露内心的一切，一旦遭到拒绝，便斥以缺乏信任。在爱情中，在亲情中，在其他较亲密的交往中，这种因强求理解和被理解而造成的有声或无声的战争，我们见得还少吗？可是，仔细想想，我们对自己又真正理解了多少？一个人懂得了自己理解自己之困难，他就不会强求别人完全理解自己，也不会奢望自己完全理解别人了。

在最内在的精神生活中，我们每个人都是孤独的，爱并不能消除这种孤独，但正因为由己及人地领悟到了别人的孤独，我们内心才会对别人充满最诚挚的爱。我们在黑暗中并肩而行，走在各自的朝圣路上，无法知道是否在走向同一个圣地，因为我们无法向别人甚至向自己说清心中的圣地究竟是怎样的。然而，同样的朝圣热情使我们相信，也许存在着同一个圣地。作为有灵魂的存在物，人的伟大和悲壮尽在于此了。

1997.3

勇气证明信仰

在尼采挑明“上帝死了”这个事实以后，信仰如何可能？这始终是困扰着现代关注灵魂生活的人们的一个难题。德裔美国哲学家蒂利希的《存在的勇气》一书便试图解开这个难题。他的方法是改变以往用信仰解释勇气的思路，而用勇气来解释信仰。我把他的新思路概括成一句最直白的话，便是：有明确的宗教信仰并不证明有勇气，相反，有精神追求的勇气却证明了有信仰。因此我们可以说，当一个人被信仰问题困扰——这当然只能发生在有精神追求的勇气的人身上——的时候，他已经是一个有信仰的人了。

蒂利希从分析现代人的焦虑着手。他所说的焦虑指存在性焦虑，而非精神分析学家们所津津乐道的那种病理性焦虑。人是一种有限的存在物，这意味着人在自身中始终包含着非存在，而焦虑就是意识到非存在的威胁时的状态。根据非存在威胁人的存在的方式，蒂利希把焦虑分为三种类型。一是非存在威胁人的本体上的存在，表现为对死亡和命运的焦虑。此种焦虑在古代末期占上风。二是非存在威胁人的道德上的存在，表现为对谴责和罪过的焦虑。此种焦虑在中世纪末期占上风。三是非存在威胁人在精神上的存在，表现为对无意义和空虚的焦虑。蒂利希认为，在现代占主导地位的焦虑即这一类型。

如果说焦虑是自我面对非存在的威胁时的状态，那么，存在的勇气就是自我不顾非存在的威胁而仍然肯定自己的存在。因此，勇气与焦虑是属于同一个自我的。现在的问题是，自我凭借什么敢于“不顾”，它肯定自己的存在的力量从何而来？

对于这个问题，存在主义的回答是，力量就来自自我，在一个没有上帝的世界上，自我是绝对自由的，又是绝对孤独的，因而能够也只能够凭借自己的力量肯定自己。蒂利希认为这个回答站不住脚，因为人是有限存在物，不可能具备这样的力量。这个力量必定另有来源，蒂利希称之为“存在本身”。是“存在本身”在通过我们肯定着它自己，反过来说，也是我们在通过自我肯定这一有勇气的行为肯定着“存在本身”之力，而“不管我们是否认识到了这个力”。在此意义上，存在的勇气即是信仰的表现，不过这个信仰不再是某种神学观念，而是一种被“存在本身”的力量所支配时的状态了。蒂利希把这种信仰称作“绝对信仰”，并认为它已经超越了关于上帝的有神论观点。

乍看起来，蒂利希的整个论证相当枯燥且有玩弄逻辑之嫌。“存在本身”当然不包含一丝一毫的非存在，否则就不成其为“存在本身”了。因此，唯有“存在本身”才具备对抗非存在的绝对力量。也因此，这种绝对力量无非来自这个概念的绝对抽象性质罢了。我们甚至可以把整个论证归结为一个简单的语言游戏：某物肯定自己的存在等于存在通过某物肯定自己。然而，在这个语言游戏之下好像还是隐藏着一点真正的内容。

自柏拉图以来，西方思想的传统是把人的生活分成两个部分，即肉身生活和灵魂生活，两者分别对应于人性中的动物性和神性。它们各有完全不同的来源，前者来自自然界，后者来自超自然的世界——神界。不管人们给这个神界冠以什么名称，是柏拉图的“理念世界”，还是基督教的“上帝”，对它的信仰似乎是绝对必要的。因为如果没有神界，只有自然界，人的灵魂生活就失去了根据，对之便只能做出两种解释：或者是根本就不存在灵魂生活，人与别的动物没有什么两样，所谓灵魂生活只是人的幻觉和误解；或者虽然有灵魂生活，但因为没有来源而仅是自然界里的一种孤立的现象，所以人的一切精神追求都是徒劳而绝望的。这正是近代以降随着基督教信仰崩溃而出现的情况。我们的确看到，一方面，在世俗化潮流的席卷下，人们普遍对灵魂生活持冷漠的态度，另一方面，那些仍然重视灵魂生活的人则陷入了空前的苦闷之中。

蒂利希的用意无疑是要为后一种人打气。在他看来，现代真正有信仰的人只能到他们中去寻找，怀疑乃至绝望正是信仰的现代形态。相反，盲信与冷漠一样，同属精神上的自弃，是没有信仰的表现。一个人为无意义而焦虑，他的灵魂的渴望并不因为丧失了神界的支持而平息，反而更加炽烈，这只能说明存在着某种力量，那种力量比关于上帝的神学观念更加强大，更加根本，因而并不因为上帝观念的解体而动摇，是那种力量支配了他。所以，蒂利希说："把无意义接受下来，这本身就是有意义的行为，这是一种信仰行为。"把信仰解释为灵魂的一种状态，而非头脑里的一种观念，这是蒂利希的最发人深省的提示。事实上，灵魂状态是最原初的信仰现象，一切宗教观念包括上帝观念都是由之派生的，是这个原初现象的词不达意的自我表达。

当然，同样的责备也适用于蒂利希所使用的"存在本身"这个概念。诚如他自己所说，本体论只能用类比的方式说话，因而永远是词不达意的。所有这类概念只是表达了一个信念，即宇宙必定具有某种精神本质，而不是一个完全盲目的过程。我们无法否认，古往今来，以那些最优秀的分子为代表，在人类中始终存在着一种精神性的渴望和追求。人身上发动这种渴望和追求的那个核心显然不是肉体，也不是以求知为鹄的的理智，我们只能称之为灵魂。我在此意义上相信灵魂的存在。进化论最多只能解释人的肉体和理智的起源，却无法解释灵魂的起源。即使人类精神在宇宙过程中只有极短暂的存在，它也不可能没有来源。因此，关于宇宙精神本质的假设是唯一的选择。这一假设永远不能证实，但也永远不能证伪。正因为如此，信仰总是一种冒险。也许，与那些世界征服者相比，精神探索者们是一些更大的冒险家，因为他们想得到的是比世界更宝贵更持久的东西。

1998.10

智慧和信仰

——读史铁生《病隙碎笔》

三年前，在轮椅上坐了三十个年头的史铁生的生活中没有出现奇迹，反而又有新的灾难降临。由于双肾功能衰竭，从此以后，他必须靠血液透析维持生命了。当时，一个问题立刻使我——我相信还有其他许多喜欢他的读者——满心忧虑：他还能写作吗？在瘫痪之后，写作是他终于找到的活下去的理由和方式，如果不能了，他怎么办呀？现在，仿佛是作为一个回答，他的新作摆在了我的面前。

史铁生把他的新作题做《病隙碎笔》，我知道有多么确切。他每三天透析一回。透析那一天，除了耗在医院里的工夫外，坐在轮椅上的他往返医院还要经受常人想象不到的折腾，是不可能有余力的了。第二天是身体和精神状况最好（能好到哪里啊！）的时候，唯有那一天的某一时刻他才能动一会儿笔。到了第三天，血液里的毒素重趋饱和，体况恶化，写作又成奢望。大部分时间在受病折磨和与病搏斗，不折不扣是病隙碎笔，而且缝隙那样小得可怜！

然而，读这本书时，我在上面却没有发现一丝病的愁苦和阴影，看到的仍是一个沐浴在思想的光辉中的开朗的史铁生。这些断断续续记录下来的思绪也毫不给人以细碎之感，倒是有着内在的连贯性。这部新作证明，在自己的“写作之夜”，史铁生不是一个残疾人和重病患者，他的自由的心魂漫游在世界和人生的无疆之域，思考着生与死、苦难与信仰、残缺与爱情、神命与法律、写作与艺术等重大问题，他的思考既执著又开阔，既深刻又平易近人，他的“写作之夜”依然充实而完整。对此我只能这样来解释：在史铁生身上业已形成了一种坚固的东西，足以使他的精神历尽苦难而依然健康，备受打击而不会崩溃。这是什么东西呢？是哲人的智慧，还是圣徒的信念，抑或两者都是？

常常听人说，史铁生之所以善于思考，是因为残疾，是因为他被困在轮椅上，除了思考便无事可做。假如他不是一个残疾人呢，人们信心十足地推断，他就肯定不会成为现在这个史铁生——他们的意思是说，不会成为这么一个优秀的作家或者这么一个智慧的人。在我看来，没有比这更加肤浅的对史铁生的解读了。当然，如果不是残疾，他也许不会走上写作这条路，但也可能走上，这不是问题的关键。关键在于，他的那种无师自通的哲学智慧绝不是残疾解释得了的。一个明显的证据是，我们在别的残疾人身上很少发现这一显著特点。当然，在非残疾人身上也很少发现。这至少说明，这种智慧是和残疾不残疾无关的。

关于残疾，史铁生自己有一个清晰的认识："人所不能者，即是限制，即是残疾"，在此意义上，残疾是与生俱来的，对所有的人来说都是这样。看到人所必有的不能和限制，这是智慧的起点。两千多年前，苏格拉底就是因为知道人之必然的无知，而被阿波罗神赞为最智慧的人的。众所周知，苏格拉底就不是一个残疾人。我相信，史铁生不过碰巧是一个残疾人罢了，如果他不是，他也一定能够由生命中必有的别的困境而觉悟到人的根本限制。

人要能够看到限制，前提是和这限制拉开一个距离。坐井观天，就永远不会知道天之大和井之小。人的根本限制就在于不得不有一个肉身凡胎，它被欲望所支配，受有限的智力所指引和蒙蔽，为生存而受苦。可是，如果我们总是坐在肉身凡胎这口井里，我们也就不可能看明白它是一个根本限制。所以，智慧就好像某种分身术，要把一个精神性的自我从这个肉身的自我中分离出来，让它站在高处和远处，以便看清楚这个在尘世挣扎的自己所处的位置和可能的出路。

从一定意义上说，哲学家是一种分身有术的人，他的精神性自我已经能够十分自由地离开肉身，静观和俯视尘世的一切。在史铁生身上，我也看到了这种能力。他在作品中经常把史铁生其人当做一个旁人来观察和谈论，这不是偶然的。站在史铁生之外来看史铁生，这几乎成了他的第二本能。这另一个史铁生时而居高临下俯瞰自己的尘世命运，时而冷眼旁观自己的执迷和嘲笑自己的妄念，当然，时常也关切地走近那个困顿中的自己，对他劝说和开导。有时候我不禁觉得，如同罗马已经不在罗马一样，史铁生也已经不在那个困在轮椅上的史铁生的躯体里了。也许正因为如此，肉身所遭遇的接二连三的灾难就伤害不了已经不在肉身中的这个史铁生了。

看到并且接受人所必有的限制，这是智慧的起点，但智慧并不止于此。如果只是忍受，没有拯救，或者只是超脱，没有超越，智慧就会沦为冷漠的犬儒主义。可是，一旦寻求拯救和超越，智慧又不会仅止于智慧，它必不可免地要走向信仰了。

其实，当一个人认识到人的限制、缺陷、不完美是绝对的，困境是永恒的，他已经是在用某种绝对的完美之境做参照系了。如果只是把自己和别人作比较，看到的就只能是限制的某种具体形态，譬如说肉体的残疾。俗话说，人比人，气死人，以自己的残缺比别人的肢体齐全，以自己的坎坷比别人的一帆风顺，所产生的只会是怨恨。反过来也一样，以别人的不能比自己的能够，以别人的不幸比自己的幸运，只会陷入浅薄的沾沾自喜。唯有在把人与神作比较时，才能看到人的限制之普遍，因而不论这种限制在自己或别人身上以何种形态出现，都不馁不骄，心平气和。对人的限制的这样一种宽容，换一个角度来看，便是面对神的谦卑。所以，真正的智慧中必蕴涵着信仰的倾向。这也是哲学之所以必须是形而上学的道理之所在，一种哲学如果不是或明或暗地包含着绝对价值的预设，它作为哲学的资格就颇值得怀疑。

进一步说，真正的信仰也必是从智慧中孕育出来的。如果不是太看清了人的限制，佛陀就不会寻求解脱，基督就无须传播福音。任何一种信仰倘若不是以人的根本困境为出发点，它作为信仰的资格也是值得怀疑的。因此，譬如说，如果有一个人去庙里烧香磕头，祈求佛为他消弭某一个具体的灾难，赐予某一项具体的福乐，我们就有理由说他没有信仰，只有迷信。或者，用史铁生的话说，他是在向佛行贿。又譬如说，如果有一种教义宣称能够在人世间消灭一切困境，实现完美，我们也就可以有把握地断定它不是真信仰，在最好的情形下也只是乌托邦。还是史铁生说得好：人的限制是“神的给定”，人休想篡改这个给定，必须接受它。“就连耶稣，就连佛祖，也不能篡改它。不能篡改它，而是在它之中来行那宏博的爱愿。”一切乌托邦的错误就在于企图篡改神的给定，其结果不是使人摆脱了限制而成为神，而一定是以神的名义施强制于人，把人的权利也剥夺了。

《病隙碎笔》中有许多对于信仰的思考，皆发人深省。一句点睛的话是：“所谓天堂即是人的仰望。”人的精神性自我有两种姿态。当它登高俯视尘世时，它看到限制的必然，产生达观的认识和超脱的心情，这是智慧。当它站在尘世仰望天空时，它因永恒的缺陷而向往完满，因肉身的限制而寻求超越，这便是信仰了。完满不可一日而达到，超越永无止境，彼岸永远存在，如此信仰才得以延续。所以，史铁生说：“皈依并不在一个处所，皈依是在路上。”这条路没有一个终于能够到达的目的地，但并非没有目标，走在路上本身即是目标存在的证明，而且是唯一可能和唯一有效的证明。物质理想（譬如产品的极大丰富）和社会理想（譬如消灭阶级）的实现要用外在的可见的事实来证明，精神理想的实现方式只能是内在的心灵境界。所以，凡是坚持走在路上的人，行走的坚定就已经是信仰的成立。

最后，我要承认，我一边写着上面这些想法，一边却感到不安：我是不是站着说话不腰疼？一个无情的事实是，不管史铁生的那个精神性自我多么坚不可摧，他仍有一个血肉之躯，而这个血肉之躯正在被疾病毁坏。在生理的意义上，精神是会被肉体拖垮的，我怎么能假装不懂这个常识？上帝啊，我祈求你给肉身的史铁生多一点健康，这个祈求好像近似史铁生和我都反对的行贿，但你知道不是的，因为你一定知道他的“写作之夜”对于你也是多么宝贵。

2002.1

人的高贵在于灵魂

法国思想家帕斯卡尔有一句名言："人是一支有思想的芦苇。"他的意思是说，人的生命像芦苇一样脆弱，宇宙间任何东西都能置人于死地。可是，即使如此，人依然比宇宙间任何东西高贵得多，因为人有一颗能思想的灵魂。我们当然不能也不该否认肉身生活的必要，但是，人的高贵却在于他有灵魂生活。作为肉身的人，人并无高低贵贱之分。唯有作为灵魂的人，由于内心世界的巨大差异，人才分出了高贵和平庸，乃至高贵和卑鄙。

两千多年前，罗马军队攻进了希腊的一座城市，他们发现一个老人正蹲在沙地上专心研究一个图形。他就是古代最著名的物理学家阿基米德。他很快便死在了罗马军人的剑下。当剑朝他劈来时，他只说了一句话："不要踩坏我的圆！"在他看来，他画在地上的那个图形是比他的生命更加宝贵的。更早的时候，征服了欧亚大陆的亚历山大大帝视察希腊的另一座城市，遇到正躺在地上晒太阳的哲学家第欧根尼，便问他："我能替你做些什么？"得到的回答是："不要挡住我的阳光！"在他看来，面对他在阳光下的沉思，亚历山大大帝的赫赫战功显得无足轻重。这两则传为千古美谈的小故事表明了古希腊优秀人物对于灵魂生活的珍爱，他们爱思想胜于爱一切——包括自己的生命，把灵魂生活看得比任何外在的事物包括显赫的权势更加高贵。

珍惜内在的精神财富甚于外在的物质财富，这是古往今来一切贤哲的共同特点。英国作家王尔德到美国旅行，入境时，海关官员问他有什么东西要报关，他回答："除了我的才华，什么也没有。"使他引以自豪的是，他没有什么值钱的东西，但他拥有不能用钱来估量的艺术才华。正是这位骄傲的作家在他的一部作品中告诉我们："世间再没有比人的灵魂更宝贵的东西，任何东西都不能跟它相比。"

其实，无需举这些名人的事例，我们不妨稍微留心观察周围的现象。我常常发现，在平庸的背景下，哪怕是一点不起眼的灵魂生活的迹象，也会闪放出一种很动人的光彩。

有一回，我乘车旅行。列车飞驰，车厢里闹哄哄的，旅客们在聊天、打牌、吃零食。一个少女躲在车厢的一角，全神贯注地读着一本书。她读得那么专心，还不时地往随身携带的一个小本子上记些什么，好像完全没有听见周围嘈杂的人声。望着她仿佛沐浴在一片光辉中的安静的侧影，我心中充满感动，想起了自己的少年时代。那时候我也和她一样，不管置身于多么混乱的环境，只要拿起一本好书，就会忘记一切。如今我自己已经是一个作家，出过好几本书了，可是我却羡慕这个埋头读书的少女，无限缅怀已经渐渐远逝的有着同样纯正追求的我的青春岁月。

每当北京举办世界名画展览时，便有许多默默无闻的青年画家节衣缩食，自筹旅费，从全国各地风尘仆仆来到首都，在名画前流连忘返。我站在展厅里，望着这一张张热忱仰望的年轻的面孔，心中也会充满感动。我对自己说：有着纯正追求的青春岁月的确是人生最美好的岁月。

若干年过去了，我还会常常不由自主地想起列车上的那个少女和展厅里的那些青年，不知他们现在怎样了。据我观察，人在年轻时多半是富于理想的，随着年龄增长就容易变得越来越实际。由于生存斗争的压力和物质利益的诱惑，大家都把眼光和精力投向外部世界，不再关注自己的内心世界。其结果是灵魂日益萎缩和空虚，只剩下了一个在世界上忙碌不止的躯体。对于一个人来说，没有比这更可悲的事情了。我暗暗祝愿他们仍然保持着纯正的追求，没有走上这条可悲的路。

1996.7

精神栖身于茅屋

如果你爱读人物传记，你就会发现，许多优秀人物生前都非常贫困。就说说那位最著名的印象派画家凡·高吧，现在他的一幅画已经卖到了几千万美元，可是，他活着时，他的一张画连一餐饭钱也换不回，经常挨饿，一生穷困潦倒，终致精神失常，在37岁时开枪自杀了。要论家境，他的家族是当时欧洲最大的画商，几乎控制着全欧洲的美术市场。作为一名画家，他有得天独厚的便利条件，完全可以像那些平庸画家那样迎合时尚以谋利，成为一个富翁，但他不屑于这么做。他说，他可不能把他唯一的生命耗费在给非常愚蠢的人画非常蹩脚的画上面，做艺术家并不意味着卖好价钱，而是要去发现一个未被发现的新世界。确实，凡·高用他的作品为我们发现了一个全新的世界，一个万物在阳光中按照同一节奏舞蹈的世界。另一个荷兰人斯宾诺莎是名垂史册的大哲学家，他为了保持思想的自由，宁可靠磨镜片的收入维持最简单的生活，谢绝了海德堡大学以不触犯宗教为前提要他去当教授的聘请。

我并不是提倡苦行僧哲学。问题在于，如果一个人太看重物质享受，就必然要付出精神上的代价。人的肉体需要是很有限的，无非是温饱，超于此的便是奢侈，而人要奢侈起来却是没有尽头的。温饱是自然的需要，奢侈的欲望则是不断膨胀的市场刺激起来的。你本来习惯于骑自行车，不觉得有什么欠缺，可是，当你看到周围不少人开上了汽车，你就会觉得你缺汽车，有必要也买一辆。富了总可以更富，事实上也必定有人比你富，于是你永远不会满足，不得不去挣越来越多的钱。这样，赚钱便成了你的唯一目的。即使你是画家，你哪里还顾得上真正的艺术追求；即使你是学者，你哪里还会在乎科学的良心？

所以，自古以来，一切贤哲都主张一种简朴的生活方式，目的就是为了不当物质欲望的奴隶，保持精神上的自由。古罗马哲学家塞涅卡说得好："自由人以茅屋为居室，奴隶才在大理石和黄金下栖身。"柏拉图也说：胸中有黄金的人是不需要住在黄金屋顶下面的。或者用孔子的话说："君子居之，何陋之有？"我非常喜欢关于苏格拉底的一个传说，这位被尊称为"师中之师"的哲人在雅典市场上闲逛，看了那些琳琅满目的货摊后惊叹：“这里有多少我用不着的东西呵！”的确，一个热爱精神事物的人必定是淡然于物质的奢华的，而一个人如果安于简朴的生活，他即使不是哲学家，也相去不远了。

1996.7

孤独的价值

一

我很有兴味地读完了英国医生安东尼·斯托尔所著的《孤独》一书。在我的概念中，孤独是一种具有形而上意味的人生境遇和体验，为哲学家、诗人所乐于探究或描述。我曾担心，一个医生研究孤独，会不会有职业偏见，把它仅仅视为一种病态呢？令我满意的是，作者是一位有着相当人文修养的精神科医生，善于把开阔的人文视野和精到的专业眼光结合起来，因此不但没有抹杀、反而更有说服力地揭示了孤独在人生中的价值，其中也包括它的心理治疗作用。

事实上，精神科医学的传统的确是把孤独仅仅视为一种病态的。按照这一传统的见解，亲密的人际关系是精神健全的最重要标志，是人生意义和幸福的主要源泉甚至唯一源泉。反之，一个成人倘若缺乏建立亲密的人际关系的能力，便表明他的精神成熟进程受阻，亦即存在着某种心理疾患，需要加以治疗。斯托尔写这本书的主旨正是要反对这种偏颇性，在自己的专业领域内为孤独“正名”。他在肯定人际关系的价值的同时，着重论证了孤独也是人生意义的重要源泉，对于具有创造天赋的人来说，甚至是决定性的源泉。

其实，对孤独的贬损并不限于今天的精神科医学领域。早在《伊利亚特》中，荷马已经把无家无邦的人斥为自然的弃物。亚里士多德在他的《政治学》中据以发挥，断言人是最合群的动物，接着说出了一句名言：“离群索居者不是野兽，便是神灵。”这话本身说得很漂亮，但他的用意是在前半句，拉扯开来大做文章，压根儿不再提后半句。后来培根引用这话时，干脆说只有前半句是真理，后半句纯属邪说。既然连某些大哲学家也对孤独抱有成见，我就很愿意结合着读斯托尔的书的心得，来说一说我对孤独的价值的认识。

二

交往和独处原是人在世上生活的两种方式，对于每个人来说，这两种方式都是必不可少的，只是比例很不相同罢了。由于性格的差异，有的人更爱交往，有的人更喜独处。人们往往把交往看做一种能力，却忽略了独处也是一种能力，并且在一定意义上是比交往更为重要的一种能力。反过来说，不擅交际固然是一种遗憾，不耐孤独也未尝不是一种很严重的缺陷。

从心理学的观点看，人之需要独处，是为了进行内在的整合。所谓整合，就是把新的经验放到内在记忆中的某个恰当位置上。唯有经过这一整合的过程，外来的印象才能被自我所消化，自我也才能成为一个既独立又生长着的系统。所以，有无独处的能力，关系到一个人能否真正形成一个相对自足的内心世界，而这又会进而影响到他与外部世界的关系。斯托尔引用温尼考特的见解指出，那种缺乏独处能力的人只具有“虚假的自我”，因此只是顺从、而不是体验外部世界，世界对于他仅是某种必须适应的对象，而不是可以满足他的主观性的场所，这样的人生当然就没有意义。

事实上，无论活得多么热闹，每个人都必定有最低限度的独处时间，那便是睡眠。不管你与谁同睡，你都只能独自进入你的梦乡。同床异梦是一切人的命运，同时却也是大自然的恩典，在心理上有其必要性。据有的心理学家推测，梦具有与独处相似的整合功能，而不能正常做梦则可能造成某些精神疾患。另一个例子是居丧。对丧亲者而言，最重要的不是他人的同情和劝慰，而是在独处中顺变。正像斯托尔所指出的：“这种顺变的过程非常私密，因为事关丧亲者与死者之间的亲密关系，这种关系别人没有分享过，也不能分享。”居丧的本质是面对亡灵时“一个人内心孤独的深处所发生的某件事”。如果人为地压抑这个哀伤过程，则也会导致心理疾病。

关于孤独对于心理健康的价值，书中还有一些有趣的谈论。例如，对外界刺激作出反应是动物的本能，“不反应的能力”则是智慧的要素。又例如，“感觉过剩”的祸害并不亚于“感觉剥夺”。总之，我们不能一头扎在外部世界和人际关系里，而放弃了对内在世界的整合。斯托尔的结论是：内在的心理经验是最奥妙、最有疗效的。荣格后期专门治疗中年病人，他发现，他的大多数病人都很能适应社会，且有杰出的成就，“中年危机”的原因就在于缺少内心的整合，通俗地说，也就是缺乏个性，因而仍然不免感觉人生的空虚。他试图通过一种所谓“个性化过程”的方案加以治疗，使这些病人找到真正属于自己的人生意义。我怀疑这个方案是否当真有效，因为我不相信一个人能够通过心理治疗而获得他本来所没有的个性。不过，有一点倒是可以确定的，即个性以及基本的孤独体验乃是人生意义问题之思考的前提。

三

人类精神创造的历史表明，孤独更重要的价值在于孕育、唤醒和激发了精神的创造力。我们难以断定，这一点是否对所有的人都适用，抑或仅仅适用于那些有创造天赋的人。我们至少应该相信，凡正常人皆有创造力的潜质，区别仅在量的大小而已。

一般而论，人的天性是不愿忍受长期的孤独的，长期的孤独往往是被迫的。然而，正是在被迫的孤独中，有的人的创造力意外地得到了发展的机会。一种情形是牢狱之灾，文化史上的许多传世名作就诞生在牢狱里。例如，波伊提乌斯的《哲学的慰藉》，莫尔的《纾解忧愁之对话》，雷利的《世界史》，都是作者在被处死刑之前的囚禁期内写作的。班扬的《天路历程》、陀思妥耶夫斯基的《死屋手记》也是在牢狱里酝酿的。另一种情形是疾病。斯托尔举了耳聋造成的孤独的例子，这种孤独反而激发了贝多芬、戈雅的艺术想象力。在疾病促进创作方面，我们可以续上一个包括尼采、普鲁斯特在内的长长的名单。太史公所说“左丘失明，厥有国语，孙子膑脚，而论兵法”等等，也涉及了牢狱和疾病之灾与创作的关系，虽然他更多地着眼于苦难中的发愤。强制的孤独不只是造成了一种必要，迫使人把被压抑的精力投于创作，而且我相信，由于牢狱或疾病把人同纷繁的世俗生活拉开了距离，人是会因此获得看世界和人生的一种新的眼光的，而这正是孕育出大作品的重要条件。

不过，对于大多数天才来说，他们之陷于孤独不是因为外在的强制，而是由于自身的气质。大体说来，艺术的天才，例如作者所举的卡夫卡、吉卜林，多是忧郁型气质，而孤独中的写作则是一种自我治疗的方式。如同一位作家所说：“我写忧郁，是为了使自己无暇忧郁。”只是一开始作为一种补偿的写作，后来便获得了独立的价值，成了他们乐在其中的生活方式。创作过程无疑能够抵御忧郁，所以，据精神科医生们说，只有那些创作力衰竭的作家才会找他们去治病。但是，据我所知，这时候的忧郁往往是不治的，这类作家的结局不是潦倒便是自杀。另一类是思想的天才，例如作者所举的牛顿、康德、维特根斯坦，则相当自觉地选择了孤独，以便保护自己的内在世界，可以不受他人干扰地专注于意义和秩序的寻求。这种专注和气功状态有类似之处，所以，包括这三人在内的许多哲学家都长寿，也许不是偶然的。

让我回到前面所引的亚里士多德的名言。一方面，孤独的精神创造者的确是野兽，也就是说，他们在社会交往的领域里明显地低于一般人的水平，不但相当无能，甚至有着难以克服的精神障碍。在社交场合，他们往往笨拙而且不安。有趣的是，人们观察到，他们倒比较容易与小孩或者动物相处，那时候他们会感到轻松自在。另一方面，他们却同时又是神灵，也就是说，他们在某种意义上已经超出和不很需要通常的人际交往了，对于他们来说，创造而不是亲密的依恋关系成了生活意义的主要源泉。所以，还是尼采说得贴切，他在引用了“离群索居者不是野兽，便是神灵”一语之后指出：亚里士多德“忽略了第三种情形：必须同时是二者——哲学家……”

四

孤独之为人生的重要体验，不仅是因为唯有在孤独中，人才能与自己的灵魂相遇，而且是因为唯有在孤独中，人的灵魂才能与上帝、与神秘、与宇宙的无限之谜相遇。正如托尔斯泰所说，在交往中，人面对的是部分和人群，而在独处时，人面对的是整体和万物之源。这种面对整体和万物之源的体验，便是一种广义的宗教体验。

在世界三大宗教的创立过程中，孤独的经验都起了关键作用。释迦牟尼的成佛，不但是在出家以后，而且是在离开林中的那些苦行者以后，他是独自在雅那河畔的菩提树下连日冥思，而后豁然彻悟的。耶稣也是在旷野度过了四十天，然后才向人宣示救世的消息。穆罕默德在每年的斋月期间，都要到希拉山的洞窟里隐居。

我相信这些宗教领袖决非故弄玄虚。斯托尔所举的例子表明，在自愿的或被迫的长久独居中，一些普通人同样会产生一种与宇宙融合的“忘形的一体感”，一种“与存在本身交谈”的体验。而且，曾经有过这种体验的人都表示，那些时刻是一生中最美妙的，对于他们的生活观念发生着永久的影响。一个人未必因此就要皈依某一宗教，其实今日的许多教徒并没有真正的宗教体验，一个确凿的证据是，他们不是在孤独中、而必须是在寺庙和教堂里，在一种实质上是公众场合的仪式中，方能领会一点宗教的感觉。然而，这种所谓的宗教感，与始祖们在孤独中感悟的境界已经风马牛不相及了。

真正的宗教体验把人超拔出俗世琐事，倘若一个人一生中从来没有过类似的体验，他的精神视野就未免狭隘。尤其是对于一个思想家来说，这肯定是一种精神上的缺陷。一个恰当的例子是弗洛伊德。在与他的通信中，罗曼·罗兰指出：宗教感情的真正来源是“对永恒的一种感动，也就是一种无边无际的大洋似的感觉”。弗洛伊德承认他毫无此种体验，而按照他的解释，所谓与世界合为一体的感觉仅是一种逃避现实的自欺，犹如婴儿在母怀中寻求安全感一样，属于精神退化现象。这位目光锐利的医生总是习惯于把一切精神现象还原成心理现象，所以，他诚然是一位心理分析大师，却终究不是真正意义上的大思想家。

五

在斯托尔的书中，孤独的最后一种价值好像是留给人生的最后一个阶段的。他写道：“虽然疾病和伤残使老年人在肉体上必须依赖他人，但是感情上的依赖却逐渐减少。老年人对人际关系经常不大感兴趣，较喜欢独处，而且渐渐地较专注于自己的内心。”作者显然是赞赏这一变化的，因为它有助于老年人摆脱对人世的依恋，为死亡做好准备。

中国的读者也许会提出异议。我们目睹的事实是，今天中国的老年人比年轻人更喜欢集体活动，他们聚在一起扭秧歌，跳交谊舞，活得十分热闹，成为中国街头一大景观。然而，凡是到过欧美的人都知道，斯托尔的描述至少对于西方人是准确的，那里的老年人都很安静，绝无扎堆喧闹的癖好。他们或老夫老妻做伴，或单独一人，坐在公园里晒太阳，或者作为旅游者去看某处的自然风光。当然，我们不必在中西养老方式之间进行褒贬。老年人害怕孤独或许是情有可原的，孤独使他们清醒地面对死亡的前景，而热闹则可使他们获得暂时的忘却和逃避。问题在于，死亡终究不可逃避，而有尊严地正视死亡是人生最后的一项光荣。所以，我个人比较欣赏西方人那种平静度过晚年的方式。

对于精神创造者来说，如果他们能够活到老年，老年的孤独心境就不但有助于他们与死亡和解，而且会使他们的创作进入一个新的境界。斯托尔举了贝多芬、李斯特、巴赫、勃拉姆斯等一系列作曲家的例子，证明他们的晚年作品都具有更加深入自己的精神领域、不太关心听众的接受的特点。一般而言，天才晚年的作品是更空灵、更超脱、更形而上的，那时候他们的灵魂已经抵达天国的门口，人间的好恶和批评与他们无关了。歌德从三十八岁开始创作《浮士德》，直到临死前夕即他八十二岁时才完成，应该不是偶然的。

1997.10

灵魂的在场

现代生活的特点之一是灵魂的缺席。它表现在各个方面，例如使人不得安宁的快节奏，远离自然，传统的失落，环境的破坏，人与人之间亲密关系的丧失，等等。痛感于此，托马斯·摩尔把关涉灵魂生活的古今贤哲的一些言论汇集起来，编成了一本《心灵书》。书的原题是《灵魂的教育》，可见是作为一本灵魂的教科书来编著的。作者在前言中说："我们这个时代的最大问题是训示太多，教育太少。"在他看来，教育应是一门引导人的潜能的艺术，在最深层次上则是一门诱使灵魂从其隐藏的洞穴中显露出来的艺术。我的理解是，教育的本义是唤醒灵魂，使之在人生的各种场景中都保持在场。那么，相反，倘若一个人的灵魂总是缺席，不管他多么有学问或多么有身份，我们仍可把他看做一个没有受过教育的蒙昧人。

关于什么是灵魂，费西诺有一个说法，认为它是联结精神和肉体的中介。荣格也有一个说法，认为精神试图超越人性，灵魂则试图进入人性。这两种说法都很好，加以引申，我们不妨把灵魂定义为普遍性的精神在个体的人身上的存在，或超越性的精神在人的日常生活中的存在。一个人无论怎样超凡脱俗，总是要过日常生活的，而日常生活又总是平凡的。所以，灵魂的在场未必表现为隐居修道之类的极端形式，在绝大多数情形下，恰恰是表现为日常生活中的精神追求和精神享受。这就是作者所说的“平凡的神圣”之涵义。他说得对：“能够真正享受普通生活并不是一件容易的事。”尤其是在今天，日常生活变成了无休止的劳作和消费，那本应是享受之主体的灵魂往往被排挤得没有容足之地了。

日常生活是包罗万象的，就本书涉及的内容而言，我比较关注这几个方面：工作与闲暇，自然与居住，孤独与交流。在所有这些场合，生活的质量都取决于灵魂是否在场。

在时间上，一个人的生活可分为两部分，即工作与闲暇。最理想的工作是那种能够体现一个人的灵魂的独特倾向的工作。正如作者所说：“当我们灵魂中独特的一面与我们所从事的工作相融合时，我们发现本性与勤奋结出的是甜蜜的果实，它可以医好一切创伤。”当然，远非所有的人都能从事自己称心的职业，但是我始终相信，一个人只要真正优秀，他就多半能够突破职业的约束，对于他来说，他的心血所倾注的事情才是他的真正的工作，哪怕是在业余所为。同时，我也赞成这样的标准：一个人的工作是否值得尊敬，取决于他完成工作的精神而非行为本身。这就好比造物主在创造万物之时，是以同样的关注之心创造一朵野花、一只小昆虫或一头巨象的。无论做什么事情，都力求尽善尽美，并从中获得极大的快乐，这样的工作态度中的确蕴涵着一种神性，不是所谓职业道德或敬业精神所能概括的。关于闲暇，我在这里只想指出一点：度闲的质量亦应取决于灵魂所获得的愉悦，没有灵魂的参与，再高的消费也只是低质量地消度了宝贵的闲暇时间。

在空间上，可以把环境划分为自然和人工两种类型。如果说自然是灵魂的来源和归宿，那么，人工建筑的屋宇就应该是灵魂在尘世的家园。作者强调，无论是与自然，还是与人工的建筑，都应该有一种亲密的关系。在一个关注灵魂的人眼中，自然中的一丘一壑，一草一木，都有着自己的生命和故事。同样，家居中的简单小事，诸如为门紧一根螺钉，擦干净一块玻璃，都会给屋子注入生命，使人对家产生更亲密的感觉。空间具有一种神圣性，但现代人对此已经完全陌生了。对于过去许多世代的人来说，不但人在屋宇之中，而且屋宇也在人之中，它们是历史和记忆，血缘和信念。正像黑尔诗意地表达的那样："旧建筑在歌唱。"可是现在，人却迷失在了高楼的迷宫之中，不管我们为装修付出了多少金钱和力气，屋宇仍然是外在于我们的，我们仍然是居无定所的流浪者。

说到人与人的关系，则不外是孤独和社会交往两种状态。交往包括婚姻和家庭，也包括友谊、邻里以及更广泛的人际关系。令作者担忧的也是人与人之间的亲密关系的消失。譬如说，论及婚姻问题，从前的大师们关注的是灵魂，现在的大师们却大谈心理分析和治疗。书信、日记、交谈——这些亲切的表达方式是更适合于灵魂需要的，现在也已成为稀有之物，而被公关之类的功利行动或上网之类的虚拟社交取代了。应该承认，现代人是孤独的。但是，由于灵魂的缺席，这种孤独就成了单纯的惩罚。相反，对于珍惜灵魂生活的人来说，如同默顿所说，孤独却应该是"生活的必需品"。或者，用蒂利希的话表述，人人都离不开一种广义的宗教，这种宗教就是对寂寞的体验。

我把自己读这本书时的感想写了下来。说到这本书本身，我的印象是，作者大约也是一位心理分析的信徒，因此，把荣格、希尔曼这样的心理分析家的言论选得多了一些。在我看来，还有许多贤哲说过一些中肯得多也明白得多的话语，那是更值得选的。不过，对此我无意苛责。事实上，不同的人来编这样的书，编成的面貌必定是很不同的。我希望自己有一天也来编一本心灵书。我还希望每一个关注灵魂的人都来编一本他自己的心灵书。说到底，每一个人的灵魂教育都只能是自我教育。

2001.6

守望的角度

若干年前，我就想办一份杂志，刊名也起好了，叫《守望者》，但一直未能如愿。我当然不是想往色彩缤纷的街头报摊上凑自己的一份热闹，也不是想在踌躇满志的文化精英中挤自己的一块地盘。正好相反，在我的想象中，这份杂志应该是很安静的，与世无争的，也因此而在普遍的热闹和竞争中有了存在的价值。我只想开一个小小的园地，可以让现代的帕斯卡尔们在这里发表他们的思想录。

我很喜欢“守望者”这个名称，它使我想起守林人。守林人的心境总是非常宁静的，他长年与树木、松鼠、啄木鸟这样一些最单纯的生命为伴，他自己的生命也变得单纯了。他的全部生活就是守护森林，瞭望云天，这守望的生涯使他心明眼亮，不染尘嚣。“守望者”的名称还使我想起守灯塔人。在奔流的江河中，守灯塔人日夜守护灯塔，瞭望潮汛，保护着船只的安全航行。当然，与都市人相比，守林人的生活未免冷清。与弄潮儿相比，守灯塔人的工作未免平凡。可是，你决不能说他们是人类中可有可无的一员。如果没有这些守望者的默默守望，森林消失，地球化为沙漠，都市人到哪里去寻欢作乐，灯塔熄灭，航道成为墓穴，弄潮儿如何还能大出风头？

在历史的进程中，我们同样需要守望者。守望是一种角度。当我这样说时，我已经承认对待历史进程还可以有其他的角度，它们也都有存在的理由。譬如说，你不妨做一个战士，甚至做一个将军，在时代的战场上冲锋陷阵，发号施令。你不妨投身到任何一种潮流中去，去经商，去从政，去称霸学术，统帅文化，呵叱风云，指点江山，去充当各种名目的当代英雄。但是，在所有这些显赫活跃的身影之外，还应该有守望者的寂寞的身影。守望者是这样一种人，他们并不直接投身于时代的潮流，毋宁说往往与一切潮流保持着一个距离。但他们也不是旁观者，相反对于潮流的来路和去向始终怀着深深的关切。他们关心精神价值甚于关心物质价值，在他们看来，无论个人还是人类，物质再繁荣，生活再舒适，如果精神流于平庸，灵魂变得空虚，就绝无幸福可言。所以，他们虔诚地守护着他们心灵中那一块精神的园地，其中珍藏着他们所看重的人生最基本的精神价值，同时警惕地瞭望着人类前方的地平线，注视着人类精神生活的基本走向。在天空和土地日益被拥挤的高楼遮蔽的时代，他们怀着忧虑之心仰望天空，守卫土地。他们守的是人类安身立命的生命之土，望的是人类超凡脱俗的精神之天。

说到“守望者”，我总是想起塞林格的名作《麦田里的守望者》。许多年前，当我还是一个大学生的时候，这部小说的中译本印着“内部发行”的字样，曾在小范围内悄悄流传，也在我手中停留过。“守望者”这个名称给我留下印象，最初就缘于这部小说。小说的主人公是一个被学校开除的中学生，他貌似玩世不恭，厌倦现存的平庸的一切，但他并非没有理想。他想象悬崖边有一大块麦田，一大群孩子在麦田里玩，而他的理想就是站在悬崖边做一个守望者，专门捕捉朝悬崖边上乱跑的孩子，防止他们掉下悬崖。后来我发现，在英文原作中，被译为“守望者”的那个词是 Catcher，直译应是“捕捉者”、“棒球接球手”。不过，我仍觉得译成“守望者”更传神，意思也好。今日的孩子们何尝不是在悬崖边的麦田里玩，麦田里有天真、童趣和自然，悬崖下是空虚和物欲的深渊。当此之时，我希望世上多几个志愿的守望者，他们能以智慧和爱心守护着麦田和孩子，守护着我们人类的未来。

1995.4

被废黜的国王

帕斯卡尔说：人是一个被废黜的国王，否则就不会因为自己失了王位而悲哀了。所以，从人的悲哀也可证明人的伟大。借用帕斯卡尔的这个说法，我们可以把人类的精神史看做为恢复失去的王位而奋斗的历史。当然，人曾经拥有王位并非一个历史事实，而只是一个譬喻，其含义是：人的高贵的灵魂必须拥有配得上它的精神生活。

我不相信上帝，但我相信世上必定有神圣。如果没有神圣，就无法解释人的灵魂何以会有如此执拗的精神追求。用感觉、思维、情绪、意志之类的心理现象完全不能概括人的灵魂生活，它们显然属于不同的层次。灵魂是人的精神生活的真正所在地，在这里，每个人最内在深邃的“自我”直接面对永恒，追问有限生命的不朽意义。灵魂的追问总是具有形而上的性质，不管现代哲学家们如何试图证明形而上学问题的虚假性，也永远不能平息人类灵魂的这种形而上追问。

我们当然可以用不同的尺度来衡量历史的进步，例如物质财富的富裕，但精神圣洁肯定也是必不可少的一维。正如黑格尔所说："一个没有形而上学的民族就像一座没有祭坛的神庙。"没有祭坛，也就是没有信仰，没有神圣的价值，没有敬畏之心，没有道德的约束，人生唯剩纵欲和消费，人与人之间只有利益的交易和争斗。它甚至不再是一座神庙，而成了一个吵吵闹闹的市场。事实上，不仅在比喻的意义上，而且按照字面的意思理解，在今日中国，这种沦落为乌烟瘴气的市场的所谓神庙，我们见得还少吗？

在一个功利至上、精神贬值的社会里，适应取代创造成了才能的标志，消费取代享受成了生活的目标。在许多人心目中，"理想"、"信仰"、"灵魂生活"都是过时的空洞词眼。可是，我始终相信，人的灵魂生活比外在的肉身生活和社会生活更为本质，每个人的人生质量首先取决于他的灵魂生活的质量。一个经常在阅读和沉思中与古今哲人文豪倾心交谈的人，和一个沉湎在歌厅、肥皂剧以及庸俗小报中的人，他们肯定生活在两个绝对不同的世界上。

人是一个被废黜的国王，被废黜的是人的灵魂。由于被废黜，精神有了一个多灾多难的命运。然而，不论怎样被废黜，精神终归有着高贵的王室血统。在任何时代，总会有一些人默记和继承着精神的这个高贵血统，并且为有朝一日恢复它的王位而努力着。我愿把他们恰如其分地称作“精神贵族”。“精神贵族”曾经是一个大批判词汇，可是真正的“精神贵族”何其稀少！尤其在一个精神遭到空前贬值的时代，倘若一个人仍然坚持做“精神贵族”，以精神的富有而坦然于物质的清贫，我相信他就必定不是为了虚荣，而是真正出于精神上的高贵和诚实。

1995.4

读圣经札记

一 不可发誓

古训说："不可违背誓言，在主面前所发的誓必须履行。"耶稣针对此却说："你们根本不可以发誓。你们说话，是，就说是，不是，就说不是；再多说便是出于那邪恶者。"

只听真话，除此之外的多一句也不听，包括誓言——这才是我心目中的上帝。

同样，一个人面对他的上帝的时候，他也只需要说出真话。超出于此，他就不是在对上帝说话，而是在对别的什么说话，例如对权力、舆论或市场。

有真信仰的人满足于说出真话，喜欢发誓的人往往并无真信仰。

发誓者竭力揣摩对方的心思，他发誓要做的不是自己真正想做的事情，而是他以为对方希望自己做的事情。如果他揣摩的是地上的人的心思，那是卑怯。如果他揣摩的是天上的神的心思，那就是亵渎了。

有时候，一个人说了真话，他仍然可能会发誓。他担心听的人不相信或者不重视他说了真话这件事，所以要就此发誓，加以强调。他把别人的相信和重视看得比说真话本身更加重要，仿佛说真话的价值取决于别人是否相信和重视似的。因此，如果得不到预期的效果，他就随时可能放弃说真话。一个直接面对上帝的人是不会这样的，因为他无论对谁说话，都同时是在对上帝说话，上帝听见了他说的真话，他就问心无愧了。

二 恨是狭隘，爱是超越

耶稣反对复仇，提倡博爱。针对“以眼还眼，以牙还牙”的旧训，他主张：“有人打你的右脸，连左脸也让他打吧。”针对“爱朋友，恨仇敌”的旧训，他主张：“要爱你们的仇敌。”他的这类言论最招有男子气概或斗争精神的思想家反感，被斥为奴隶哲学。我也一直持相似看法，而现在，我觉得有必要来认真地考查一下他的理由——

“因为，天父使太阳照好人，也同样照坏人；降雨给行善的，也给作恶的。假如你们只爱那些爱你们的人，上帝又何必奖赏你们呢？……你们要完全，正像你们的天父是完全的。”

从这段话中，我读出了一种真正博大的爱的精神。

人与人之间，部落与部落之间，种族与种族之间，国家与国家之间，为什么会仇恨？因为利益的争夺，观念的差异，隔膜，误会，等等。一句话，因为狭隘。一切恨都溯源于人的局限，都证明了人的局限。爱在哪里？就在超越了人的局限的地方。

只爱你的亲人和朋友是容易的，恨你的仇敌也是容易的，因为这都是出于一个有局限性的人的本能。做一个父亲爱自己的孩子，做一个男人爱年轻漂亮的女人，做一个处在种种人际关系中的人爱那些善待自己的人，这有什么难呢？作为某族的一员恨敌族，作为某国的臣民恨敌国，作为正宗的信徒恨异教徒，作为情欲之人恨伤了你的感情、损了你的利益的人，这有什么难呢？难的是超越所有这些局限，不受狭隘的本能和习俗的支配，作为宇宙之子却有宇宙之父的胸怀，爱宇宙间的一切生灵。

有人打了你的右脸，你就一定要回打他吗？你回打了他，他再回打你，仇仇相生，怨怨相报，何时了结？那打你的人在打你的时候是狭隘的，被胸中的怒气支配了，你又被他激怒，你们就一齐在狭隘中走不出来了。耶稣要你把左脸也送上去，这也许只是一个比喻，意思是要你丝毫不存计较之心，远离狭隘。当你这样做的时候，你已经上升得很高，你真正做了被打的你的肉躯的主人。相反，那计较的人只念着自己被打的右脸，他的心才成了他的右脸的奴隶。我开始相信，在右脸被打后把左脸送上去的姿态也可以是充满尊严的。

三　天上的财宝

耶稣说：不可为自己积聚财宝在地上，要为自己积聚财宝在天上，因为前者会虫蛀、生锈、遭窃，后者不会。

也就是说，物质的财宝不可靠，精神的财宝可靠，应该为自己积聚可靠的财宝。

那么，何时能够享用天上的财宝呢？是否如通常所宣传的，生前积德，死后到天堂享用？

耶稣又说："你的财宝在哪里，你的心也在哪里。"

看来这才是耶稣的见解：当你为自己积聚财宝在天上时，你的心已经在天上；当你的灵魂富有时，你的灵魂已经得救了。

四　行淫的女人

有一天，耶稣在圣殿里讲道，几个企图找把柄陷害他的经学教师和法利赛人带来了一个女人，问他："这个女人在行淫时被抓到。摩西法律规定，这样的女人应该用石头打死。你认为怎样?”耶稣弯着身子，用指头在地上画字。那几个人不停地问，他便直起身来说：“你们当中谁没有犯过罪，谁就可以先拿石头打她。”说了这话，他又弯下身在地上画字。所有的人都溜走了，最后，只剩下了耶稣和那个女人。这时候，耶稣就站起来，问她：“妇人，他们都哪里去了？没有人留下来定你的罪吗?”

女人说：“先生，没有。”

耶稣便说：“好，我也不定你的罪。去吧，别再犯罪。”

约翰福音记载的这个故事使我对耶稣倍生好感，一个智慧、幽默、通晓人性的智者形象跃然眼前。想一想他弯着身子用指头在地上画字的样子，既不看恶意的告状者，也不看可怜的被告，他心里正不知转着怎样愉快的念头呢。他多么轻松地既击败了经学教师和法利赛人陷害他的阴谋，又救了那个女人的性命，而且，更重要的是，还破除了犹太教的一条残酷的法律。

经由这个故事，我还非常羡慕当时的世风人心。听了耶稣说的话，居然在场的人个个扪心自问，知罪而退，可见天良犹在。换一个时代，譬如说，在我们的

“文化大革命”中，会出现什么情景呢？可以断定，耶稣的话音刚落，人们就会立刻争先恐后地用石头打那个女人，以此证明自己的清白，那个女人会立刻死于乱石之下。至于耶稣自己，也一定会顶着淫妇的黑后台和辩护士之罪名，被革命群众提前送上十字架。

五　精神领域里的嫉妒

一个葡萄园主雇工人整理葡萄园，说好每人一天的工资是一块银币。这一天，他先后雇了五批工人，有清晨就雇来的，也有傍晚才雇来的。结算工资的时候，他给每个人都是一块银币。清晨来的工人因此而提出了抗议。他的回答是：“我并没有占你便宜。你不是同意每天一块银币的工资的吗？我也给最后来的这么多，难道我无权使用自己的钱吗？为了我待人慷慨，你就嫉妒吗？”

耶稣用这个故事说明，在天国里，不论信教早晚，上帝都是一视同仁的。对于那些因为早来而嫉妒晚来者的人，他毫不掩饰蔑视之意，断然宣布：“那些居后的，将要在先；那些在先的，将要居后。”

的确，在精神领域里，包括宗教信仰、思想探索、艺术创造等等，资格是完全不起作用的。倘若有人因为资格老而嫉妒后来者的成就，那么，他越是嫉妒，就越是表明他在精神上的低下，他的地位就越要居后。

六　本乡人眼中无先知

耶稣回到家乡宣讲，人们惊讶地说："他不是那个木匠的儿子吗？他的母亲不是玛利亚吗？雅各、约瑟、西门和犹大不都是他的弟弟吗？他的妹妹们不是住在我们这里吗？他这一切究竟从哪里来的呢？"于是他们厌弃他。

耶稣就此议论说："在本乡本家以外，先知没有不受人尊敬的。"（马太福音）或者："先知在自己的家乡是从不受人欢迎的。"（路加福音）

其实，何止不受欢迎，在本乡人眼中根本就不存在先知。在本乡人、本单位人以及一切因为外在原因而有了日常接触的人眼中，不存在先知、天才和伟人。在这种情形下，人们对于一个精神上的非凡之人会发生两种感想。第一，他们经常看见这个人，熟悉他的模样、举止、脾气、出身、家庭状况等等，就自以为已经了解他了。在他们看来，这个人无非就是他们所熟悉的这些外部特征的总和。在拿撒勒人眼里，耶稣只是那个木匠的儿子，雅各等人的哥哥，仅此而已。第二，由于生活环境相同，他们便以己度人，认为这个人既然也是这个环境的产物，就必定是和自己一样的人，不可能有什么超常之处。即使这个人的成就在本乡以外发生了广泛的影响，他们也仍然不肯承认，而要发出拿撒勒人针对耶稣发出的疑问："他这一切究竟从哪里来的呢？"

当然，先知在本乡受到排斥，嫉妒也起了很大作用。一个在和自己相同环境里生长的人，却比自己无比优秀，对于这个事实，人们先是不能相信，接着便不能容忍了，他们觉得自己因此遭到了贬低。直到很久以后，出于这同样的虚荣心，他们的后人才会把先知的诞生当做本乡的光荣大加宣扬。

可是，一切精神上的伟人之诞生与本乡何干？他们之所以伟大，正是因为他们从来就不属于本乡，他们是以全民族或者全人类为自己的舞台的。所以，如果要论光荣，这光荣只属于民族或者人类。这一点对于文明人来说应该是不言而喻的，譬如说，倘若一个法兰克福人以歌德的同乡自炫，他就一定会遭到全体德国人的嘲笑。也所以，地方与地方之间为伟人出生地发生的那些争执都是可笑的，常常还是可耻的，因为它们常常带有借死去的伟人牟利的卑鄙意图。

2001.1

孤岛断想

一 灵魂只能独行

我是与一个集体一起来到这个岛上的。我被编入了这个集体，是这个集体的一员。在我住在岛上的全部日子里，我都不能脱离这个集体。可是，我知道，我的灵魂不和这个集体在一起。我还知道，任何一个人的灵魂都不可能和任何一个集体在一起。

灵魂永远只能独行。当一个集体按照一个口令齐步走的时候，灵魂不在场。当若干人朝着一个具体的目的地结伴而行时，灵魂也不在场。不过，在这些时候，那缺席的灵魂很可能就在不远的某处，你会在众声喧哗之时突然听见它的清晰的足音。

即使两人相爱，他们的灵魂也无法同行。世间最动人的爱仅是一颗独行的灵魂与另一颗独行的灵魂之间的最深切的呼唤和应答。

灵魂的行走只有一个目标，就是寻找上帝。灵魂之所以只能独行，是因为每一个人只有自己寻找，才能找到他的上帝。

二 内在的眼睛

我相信人不但有外在的眼睛，而且有内在的眼睛。外在的眼睛看见现象，内在的眼睛看见意义。被外在的眼睛看见的，成为大脑的贮存，被内在的眼睛看见的，成为心灵的财富。

许多时候，我们的内在眼睛是关闭着的。于是，我们看见利益，却看不见真理，看见万物，却看不见美，看见世界，却看不见上帝，我们的日子是满的，生命却是空的，头脑是满的，心却是空的。

外在的眼睛不使用，就会退化，常练习，就能敏锐。内在的眼睛也是如此。对于我来说，写作便是一种训练内在视力的方法，它促使我经常睁着内在的眼睛，去发现和捕捉生活中那些显示了意义的场景和瞬间。只要我保持着写作状态，这样的场景和瞬间就会源源不断。相反，一旦被日常生活之流裹挟，长久中断了写作，我便会觉得生活成了一堆无意义的碎片。事实上它的确成了碎片，因为我的内在眼睛是关闭着的，我的灵魂是昏睡着的，而唯有灵魂的君临才能把一个人的生活形成为整体。所以，我之需要写作，是因为唯有保持着写作状态，我才真正在生活。

三 灵魂之杯

灵魂是一只杯子。如果你用它来盛天上的净水，你就是一个圣徒。如果你用它来盛大地的佳酿，你就是一个诗人。如果你两者都不肯舍弃，一心要用它们在你的杯子里调制出一种更完美的琼液，你就是一个哲学家。

每个人都拥有自己的灵魂之杯，它的容量很可能是确定的。在不同的人之间，容量会有差异，有时差异还非常大。容量极大者必定极为稀少，那便是大圣徒、大诗人、大哲学家，上帝创造他们仿佛是为了展示灵魂所可能达到的伟大。

不过，我们无须去探究自己的灵魂之杯的容量究竟有多大。在一切情形下，它都不会超载，因为每个人所分配到的容量恰好是他必须付出毕生努力才能够装满的。事实上，大多数杯子只装了很少的水或酒，还有许多杯子直到最后仍是空着的。

四 精神之树的果实

我感到我正在收获我的精神的果实，这使我的内心充满了一种沉静的欢愉。

有人问我：你的所思所获是否是南极给你的？

我承认，住在这个孤岛上，远离亲人和日常事务，客观上使我得到了一个独自静思的机会。可是，这样的机会完全可能从别处得到，我不能说它与南极有必然的联系。至于思考的收获，我只能说它们是长在我的完整的精神之树上的果实，我的全部精神历程都给它们提供了养料。如果我硬把它们说成是在南极结出的珍稀之果，这在读者面前是一种夸大，在我自己眼里是一种缩小。

假如我孤身一人漂流到了孤岛上，或者去南极中心地带从事真正的探险，也许我会有很不同的感受。但是，即使在那种情形下，我仍然不会成为一个鲁滨逊或一个阿蒙森。在任何时候，我的果实与我的精神之树的关系都远比与环境的关系密切。精神上的顿悟是存在的，不过，它的种子必定早已埋在那个产生顿悟的人的灵魂深处。生老病死为人所习见，却只使释迦牟尼产生了顿悟。康德一辈子没有走出哥尼斯堡这个小城，但偏是他彻底改变了世界哲学的方向。说到底，是什么树就结出什么果实。南极能够造就伟大的探险家，可是永远造就不了哲学家，一个哲学家如果他本身不伟大，那么，无论南极还是别的任何地方便都不能使他伟大。

五　灵魂的亲缘关系

我偶然地发现了一本泰戈尔的诗集，把它翻开来，一种他乡遇故人的快乐立刻弥漫在我的心间。泰戈尔曾是我的精神密友之一，我已经很久没有去拜访他了，没想到今天在这个孤岛的一间小屋里和他不期而遇。

读书的心情是因时因地而异的。有一些书，最适合于在羁旅中、在无所事事中、在远离亲人的孤寂中翻开。这时候，你会觉得，虽然有形世界的亲人不在你的身旁，但你因此而得以和无形世界的亲人相逢了。在灵魂与灵魂之间必定也有一种亲缘关系，这种亲缘关系超越于种族和文化的差异，超越于生死，当你和同类灵魂相遇时，你的精神本能会立刻把它认出。

灵魂只能独行，但不是在一片空无中行进。毋宁说，你仿佛是置身在茂密的森林里，这森林像原始森林一样没有现成的路，你必须自己寻找和开辟出一条路来。可是，你走着走着，便会在这里那里发现一个脚印，一块用过的木柴，刻在树上的一个记号。于是你知道了，曾经有一些相似的灵魂在这森林里行走，你的灵魂的独行并不孤独。

六　小爱和大爱

住在岛上，最令我思念不已的是远方的妻女。每个周末，我都要借助价格昂贵的越洋电话与她们通话，只是为了听一听熟悉的声音。新年之夜，在周围的一片热闹中，我的寂寞的心徒劳地扑腾着欲飞的翅膀。

那么，我是一个恋家的男人了。

我听见一个声音责问我：你的尘躯如此执迷于人世间偶然的暂时的因缘，你的灵魂如何能走上必然的永恒的真理之路呢？二者必居其一：或者你慧根太浅，本质上是凡俗之人，或者你迟早要斩断尘缘，皈依纯粹的精神事业。

我知道，无论佛教还是基督教，都把人间亲情视为觉悟的障碍。乔达摩王子弃家出走，隐居丛林，然后才成佛陀。耶稣当着教众之面，不认前来寻他的母亲和兄弟，只认自己的门徒是亲人。然而，我对这种绝情之举始终不能赞赏。

诚然，在许多时候，尘躯的小爱会妨碍灵魂的大爱，俗世的拖累会阻挡精神的步伐。可是，也许这正是检验一个人的心灵力度的场合。难的不是避世修行，而是肩着人世间的重负依然走在朝圣路上。一味沉湎于小爱固然是一种迷妄，以大爱否定小爱也是一种迷妄。大爱者理应不弃小爱，而以大爱赋予小爱以精神的光芒，在爱父母、爱妻子、爱儿女、爱朋友中也体味到一种万有一体的情怀。一个人只要活着，他的灵魂与肉身就不可能截然分开，在他的尘世经历中处处可以辨认出他的灵魂行走的姿态。唯有到了肉身死亡之时，灵魂摆脱肉身才是自然的，在此之前无论用什么方式强行分开都是不自然的，都是内心紧张和不自信的表现。不错，在一切对尘躯之爱的否定背后都隐藏着一个动机，就是及早割断和尘世的联系，为死亡预作准备。可是，如果遁入空门，禁绝一切生命的欲念，借此而达于对死亡无动于衷，这算什么彻悟呢？真正的彻悟是在恋生的同时不畏死，始终怀着对亲人的挚爱，而在最后时刻仍能从容面对生死的诀别。

七 偶然性的价值

我飞越了大半个地球，降落在这个岛上。在地球那一方的一个城市里，有一个我的家，有我的女人和孩子，这个家对于我至关重要，无论我走得多远都要回到这个家去。我知道，在地球的广大区域里，还有许多国家、城市和村庄，无数男人、女人和孩子在其中生活着。如果我降生在另一个国度和地方，我就会有一个完全不同的家，对我有至关重要意义的就会是那一个家，而不是我现在的家。既然家是这么偶然的一种东西，对家的依恋到底有什么道理?

我爱我的妻子，可是我知道，世上并无命定的姻缘，任何一个男人与任何一个女人的结合都是偶然的。如果机遇改变，我就会与另一个女人结合，我的妻子就会与另一个男人结合，我们各人都会有完全不同的人生故事。既然婚姻是这么偶然的一种东西，那么，受婚姻的束缚到底有什么道理?

可是，顺着这个思路想下去，我就不可避免地遇到最后一个问题：我的生存本身便是一个纯粹的偶然性，我完全可能没有降生到这个世界上来，那么，我活着到底有什么道理?

我不愿意我活着没有道理，我一定要给我的生存寻找一个充分的理由，我的确这么做了。而一旦我这么做，我就发现，那个为我的生存镀了金的理由同时也为我生命中的一系列偶然性镀了金。

我相信了，虽然我的出生纯属偶然，但是，既然我已出生，宇宙间某种精神本质便要以我为例来证明它的存在和伟大。否则，如果一切生存都因其偶然而没有价值，永恒的精神之火用什么来显示它的光明呢？

接着我相信了，虽然我和某一个女人的结合是偶然的，由此结合而产生的那个孩子也是偶然的，但是，这个家一旦存在，上帝便要让我借之而在人世间扎下根来。否则，如果一切结合都因其偶然而没有价值，世上有哪一个女人能够给我一个家园呢？

我知道，我的这番论证是正确的，因为所论证的那种情感在我的心中真实地存在着。

我还知道，我的这番论证是不必要的，因为既然我爱我自己这个偶然性，我就不能不爱一切偶然性。

八 生活的减法

这次旅行，从北京出发是乘的法航，可以托运 60 公斤行李。谁知到了圣地亚哥，改乘智利国内航班，只准托运 20 公斤了。于是，只好把带出的两只箱子精简掉一只，所剩的物品就很少了。到住处后，把这些物品摆开，几乎看不见，好像住在一间空屋子里。可是，这么多天下来了，我并没有感到缺少了什么。回想在北京的家里，比这大得多的屋子总是满满的，每一样东西好像都是必需的，但我现在竟想不起那些必需的东西是什么了。于是我想，许多好像必需的东西其实是可有可无的。

在北京的时候，我天天都很忙碌，手头总有做不完的事。直到这次出发的前夕，我仍然分秒必争地做着我认为十分紧迫的事中的一件。可是，一旦踏上旅途，再紧迫的事也只好搁下了。现在，我已经把所有似乎必须限期完成的事搁下好些天了，但并没有发现造成了什么后果。于是我想，许多好像必须做的事其实是可做可不做的。

许多东西，我们之所以觉得必需，只是因为我们已经拥有它们。当我们清理自己的居室时，我们会觉得每一样东西都有用处，都舍不得扔掉。可是，倘若我们必须搬到一个小屋去住，只允许保留很少的东西，我们就会判断出什么东西是自己真正需要的了。那么，我们即使有一座大房子，又何妨用只有一间小屋的标准来限定必需的物品，从而为美化居室留出更多的自由空间？

许多事情，我们之所以认为必须做，只是因为我们已经把它们列入了日程。如果让我们凭空从其中删除某一些，我们会难做取舍。可是，倘若我们知道自己已经来日不多，只能做成一件事情，我们就会判断出什么事情是自己真正想做的了。那么，我们即使还能活很久，又何妨用来日不多的标准来限定必做的事情，从而为享受生活留出更多的自由时间？

九 心灵的空间

在写了上面这一则随想之后，我读到泰戈尔的一段意思相似的话，不过他表达得更好。我把他的话归纳和改写如下——

未被占据的空间和未被占据的时间具有最高的价值。一个富翁的富并不表现在他的堆满货物的仓库和一本万利的经营上，而是表现在他能够买下广大空间来布置庭院和花园，能够给自己留下大量时间来休闲。同样，心灵中拥有开阔的空间也是最重要的，如此才会有思想的自由。

接着，泰戈尔举例说，穷人和悲惨的人的心灵空间完全被日常生活的忧虑和身体的痛苦占据了，所以不可能有思想的自由。我想补充指出的是，除此之外，还有另一类例证，就是忙人。

凡心灵空间的被占据，往往是出于逼迫。如果说穷人和悲惨的人是受了贫穷和苦难的逼迫，那么，忙人则是受了名利和责任的逼迫。名利也是一种贫穷，欲壑难填的痛苦同样具有匮乏的特征，而名利场上的角逐同样充满生存斗争式的焦虑。至于说到责任，可分三种情形，一是出自内心的需要，另当别论，二是为了名利而承担的，可以归结为名利，三是既非内心自觉，又非贪图名利，完全是职务或客观情势所强加的，那就与苦难相差无几了。所以，一个忙人很可能是一个心灵上的穷人和悲惨的人。

这里我还要说一说那种出自内在责任的忙碌，因为我常常认为我的忙碌属于这一种。一个人真正喜欢一种事业，他的身心完全被这种事业占据了，能不能说他也没有了心灵的自由空间呢？这首先要看在从事这种事业的时候，他是否真正感觉到了创造的快乐。譬如说写作，写作诚然是一种艰苦的劳动，但必定伴随着创造的快乐，如果没有，就有理由怀疑它是否蜕变成了一种强迫性的事务，乃至一种功利性的劳作。当一个人以写作为职业的时候，这样的蜕变是很容易发生的。心灵的自由空间是一个快乐的领域，其中包括创造的快乐，阅读的快乐，欣赏大自然和艺术的快乐，情感体验的快乐，无所事事地闲适和遐想的快乐，等等。所有这些快乐都不是孤立的，而是共生互通的。所以，如果一个人永远只是埋头于写作，不再有工夫和心思享受别的快乐，他的创造的快乐和心灵的自由也是大可怀疑的。

我的这番思考是对我自己的一个警告，同时也是对所有自愿的忙人的一个提醒。我想说的是，无论你多么热爱自己的事业，也无论你的事业是什么，你都要为自己保留一个开阔的心灵空间，一种内在的从容和悠闲。唯有在这个心灵空间中，你才能把你的事业作为你的生命果实来品尝。如果没有这个空间，你永远忙碌，你的心灵永远被与事业相关的各种事务所充塞，那么，不管你在事业上取得了怎样的外在成功，你都只是损耗了你的生命而没有品尝到它的果实。

2001.1

比成功更宝贵的

一

事业是精神性追求与社会性劳动的统一，精神性追求是其内涵和灵魂，社会性劳动是其形式和躯壳，二者不可缺一。

所以，一个仅仅为了名利而从政、经商、写书的人，无论他在社会上获得了怎样的成功，都不能说他有事业。

所以，一个不把自己的理想、思考、感悟体现为某种社会价值的人，无论他内心多么真诚，也不能说他有事业。

二

在人生中，职业和事业都是重要的。大抵而论，职业关系到生存，事业关系到生存的意义。在现实生活中，两者的关系十分复杂，从重合到分离、背离乃至于根本冲突，种种情形都可能存在。人们常常视职业与事业的一致为幸运，但有时候，两者的分离也会是一种自觉的选择，例如斯宾诺莎为了保证以哲学为事业而宁愿以磨镜片为职业。因此，事情最后也许可以归结为一个人有没有真正意义上的事业，如果没有，所谓事业与职业的关系问题也就不存在，如果有，这个关系问题也就有了答案。

三

我们都很在乎成功和失败，但对之的理解却很不一样，有必要做出区分。譬如说，通常有两种不同的含义。其一是指外在的社会遭际，飞黄腾达为成，穷困潦倒为败。其二是指事业上的追求，目标达到为成，否则为败。可以肯定，抽象地谈问题，人们一定会拥护第二义而反对第一义。但是，事业有大小，目标有高低，所谓事业成败的意义也就十分有限。我不知道如何衡量人生的成败，也许人生是超越所谓成功和失败的评价的。

四

最基本的划分不是成功与失败，而是以伟大的成功和伟大的失败为一方，以渺小的成功和渺小的失败为另一方。

在上帝眼里，伟大的失败也是成功，渺小的成功也是失败。

五

每个追求者都渴望成功，然而，还有比成功更宝贵的东西，这就是追求本身。我宁愿做一个未必成功的追求者，而不愿是一个不再追求的成功者。如果说成功是青春的一个梦，那么，追求即是青春本身，是一个人心灵年轻的最好证明。谁追求不止，谁就青春常在。一个人的青春是在他不再追求的那一天结束的。

六

我对成功的理解：把自己喜欢的事做得尽善尽美，让自己满意，不要去管别人怎么说。

七

能被失败阻止的追求是一种软弱的追求，它暴露了力量的有限。能被成功阻止的追求是一种浅薄的追求，它证明了目标的有限。

八

在艰难中创业，在万马齐喑时呐喊，在时代舞台上叱咤风云，这是一种追求。

在淡泊中坚持，在天下沸沸扬扬时沉默，在名利场外自甘于寂寞和清贫，这也是一种追求。

追求未必总是显示进取的姿态。

九

船舷上，一个年轻的僧人面朝大江，合目伫立。望着他披带青灰色袈裟的朴素的身影，我想起刚才在船舱里目睹的一幕，不禁肃然起敬。

船舱里闷热异常，乘客们纷纷挤到自来水旁洗脸。他手拿毛巾，静静等候在一边。终于轮到他了，又有一名乘客夺步上前，把他挤开。他面无愠色，退到旁边，礼貌地以手示意："请，请。"

我知道，这也是一种追求。

十

在精神领域的追求中，不必说世俗的成功，社会和历史所承认的成功，即便是精神追求本身的成功，也不是主要的目标。在这里，目标即寓于过程之中，对精神价值的追求本身成了生存方式，这种追求愈执著，就愈是超越于所谓成败。一个默默无闻的贤哲也许更是贤哲，一个身败名裂的圣徒也许更是圣徒。如果一定要论成败，一个伟大的失败者岂不比一个渺小的成功者更有权被视为成功者？

十一

人生中一切美好的事情，报酬都在眼前。爱情的报酬就是相爱时的陶醉和满足，而不是有朝一日缔结良缘。创作的报酬就是创作时的陶醉和满足，而不是有朝一日名扬四海。如果事情本身不能给人以陶醉和满足，就不足以称为美好。

十二

对于真正有才华的人来说，机会是会以各种面目出现的。

十三

灵性＋耐性＝成功。

但两者难以兼备，有灵性者往往缺乏耐性，有耐性者往往缺乏灵性，故成功者少。

十四

我的野心是要证明一个没有野心的人也能得到所谓成功。

不过，我必须立即承认，这只是我即兴想到的一句俏皮话，其实我连这样的野心也没有。

十五

我的“成功”（被社会承认，所谓名声）给我带来的最大便利是可以相对超脱于我所隶属的小环境及其凡人琐事，无须再为许多合理的然而琐屑的权利去进行渺小的斗争。那些东西，人们因为你的“成功”而愿意或不愿意地给你了，不给也无所谓了。

十六

有一种人追求成功，只是为了能居高临下地蔑视成功。

灵魂及其追求

一

我相信，灵魂和肉体必定有着不同的来源。我只能相信，不能证明，因为灵魂的来源是神秘的，而一切用肉体解释灵魂的尝试都过于牵强。

有时候我想，人的肉体是相似的，由同样的物质组成，服从着同样的生物学法则，唯有灵魂的不同才造成了人与人之间的巨大差异。有时候我又想，灵魂是神在肉体中的栖居，不管人的肉体在肤色和外貌上怎样千差万别，那栖居于其中的必定是同一个神。

肉体会患病，会残疾，会衰老，对此我感觉到的不仅是悲哀，更是屈辱，以至于会相信这样一种说法：肉体不是灵魂的好的居所，灵魂离开肉体也许真的是解脱。

肉体终有一死。灵魂会不会死呢？这永远是一个谜。既然我们不知道灵魂的来源，我们也就不可能知道它的去向。

二

灵魂和肉体的关系涉及最古老的争论。有些宗教和准宗教教导人用牺牲肉体的办法来拯救灵魂，当然是违背常情和常识的。因此，作为一种反拨，回到肉体的真理的呼声在现代日盛，对此我完全能够理解。依据常识，我也完全赞同灵肉和谐的人生境界。可是，最根本的问题也许恰恰落在了常识之外，这就是帕斯卡尔所追问的问题：人是怎么会有一个灵魂的，这灵魂又是怎么会寄寓在一个肉体里的？当然，科学是不承认这样的问题的，因为它认为灵魂仅是肉体的功能，不承认任何非这一意义上的灵魂的存在。然而，灵魂依然对自己的来源感到惊奇，这种惊奇是科学所取消不了的。

三

智力可以来自祖先的遗传，知识可以来自前人的积累。但是，有一种灵悟，其来源与祖先和前人皆无关，我只能说，它直接来自神，来自世界至深的根和核心。

四

我们身上的任何一个器官，当它未被欲望、冲突、病痛折磨时，我们是感觉不到它的存在的。灵魂也是如此。如果没有善与恶、理性与本能、天堂与地狱的角斗和交替，灵魂会是一个什么东西呢？

五

一个人，一个民族，精神上发生危机，恰好表明这个人、这个民族有执拗的精神追求，有自我反省的勇气。可怕的不是危机，而是麻木。

六

一个精神贫乏、缺乏独特个性的人，当然不会遭受精神上危机的折磨。可是，对于一个精神需求很高的人来说，危机，即供求关系的某种脱节，却是不可避免的。他太挑剔了，世上不乏友谊、爱和事业，但不是他要的那一种，他的精神仍然感到饥饿。这样的人，必须自己来为自己创造精神的食物。

七

肉体使人难堪不在于它有欲望，而在于它迟早有一天会因为疾病和衰老而失去欲望，变成一个奇怪的无用的东西。这时候，再活泼的精神也只能无可奈何地眼看着肉体衰败下去，自己也终将被它拖向衰败，与它同归于尽。一颗仍然生气勃勃的心灵却注定要为背弃它的肉体殉葬，世上没有比这更使精神感到屈辱的事情了。所谓灵与肉的冲突，唯在此时最触目惊心。

八

一个人的灵魂不安于有生有灭的肉身生活的限制，寻求超越的途径，不管他的寻求有无结果，寻求本身已经使他和肉身生活保持了一个距离。这个距离便是他的自由，他的收获。

九

人类精神始终在追求某种永恒的价值，这种追求已经形成为一种持久的精神事业和传统。当我也以自己的追求加入这一事业和传统时，我渐渐明白，这一事业和传统超越于一切优秀个人的生死而世代延续，它本身就具有一种永恒的价值，甚至是人世间唯一可能和真实的永恒。

十

那个在无尽的道路上追求着的人迷惘了。那个在无路的荒原上寻觅着的人失落了。怪谁呢？谁叫他追求，谁叫他寻觅！

无所追求和寻觅的人们，决不会有迷惘感和失落感，他们活得明智而充实。

十一

我不想知道你有什么，只想知道你在寻找什么，你就是你所寻找的东西。

十二

有的人总是在寻找，凡到手的，都不是他要的。有的人从来不寻找，凡到手的，都是他要的。各有各的活法。究竟哪种好，只有天知道。

坚守精神的家园

一

现代世界是商品世界，我们不能脱离这个世界求个人的生存和发展，这是一个事实。但是，这不是全部事实。我们同时还生活在历史和宇宙中，生活在自己唯一的一次生命过程中。所以，对于我们的行为，我们不能只用交换价值来衡量，而应有更加开阔久远的参照系。在投入现代潮流的同时，我们要有所坚守，坚守那些永恒的人生价值。一个不能投入的人是一个落伍者，一个无所坚守的人是一个随波逐流者。前者令人同情，后者令人鄙视。也许有人两者兼顾，成为一个高瞻远瞩的弄潮儿，那当然就是令人钦佩的了。

二

“人是要有一点精神的。”——在一切“最高指示”中，至少这一句的确不会过时。在那个“突出政治”的年代，我对它有自己的读法，我把它读作：人不该只有政治狂热，把自己的灵魂淹没在红彤彤的标语口号海洋里。

在如今崇拜金钱的氛围中，我又想起了这句话，并且给它加上新的注解：人不该只求物质奢华，把自己的灵魂淹没在花花绿绿的商品海洋里。

世事无常，潮流变迁。相同的是，凡潮流都可能（当然不是必定）会淹没人的那一颗脆弱的灵魂。因此，愿我们投入任何潮流时都永远保持这一种清醒：“人是要有一点精神的。”

三

天下滔滔，象牙塔一座接一座倾塌了。我平静地望着它们的残骸随波漂走，庆幸许多被囚的普通灵魂获得了解放。

可是，当我发现还有若干象牙塔依然零星地竖立着时，禁不住向它们深深鞠躬了。我心想，坚守在其中的不知是一些怎样奇特的灵魂呢。

四

休说精神永存，我知道万有皆逝，精神也不能幸免。然而，即使岁月的洪水终将荡尽地球上一切生命的痕迹，罗丹的雕塑仍非徒劳；即使徒劳，罗丹仍要雕塑。那么，一种不怕徒劳仍要闪光的精神岂不超越了时间的判决，因而也超越了死亡？所以，我仍然要说：万有皆逝，唯有精神永存。

五

世纪已临近黄昏，路上的流浪儿多了。我听见他们在焦灼地发问：物质的世纪，何处是精神的家园？

我笑答：既然世上还有如许关注着精神命运的心灵，精神何尝无家可归？世上本无家，渴望与渴望相遇，便有了家。

六

在一颗优美的心灵看来，整个现代商业化社会就像一个闹哄哄的大市场。人们匆忙地活动着，声嘶力竭地叫喊着——为了赚钱和增值财富。无头脑的匆忙，使人永是处在疲劳之中，独处时不复有静谧的沉思，人与人之间也不再有温馨的交往。他望着这些忙碌奔走却又麻木不仁的现代人，只觉得他们野蛮。

理想主义

一

据说，一个人如果在十四岁时不是理想主义者，他一定庸俗得可怕，如果在四十岁时仍是理想主义者，他又未免幼稚得可笑。

我们或许可以引申说，一个民族如果全体都陷入某种理想主义的狂热，当然太天真，如果在它的青年人中竟然也难觅理想主义者，又实在太堕落了。

由此我又相信，在理想主义普遍遭耻笑的时代，一个人仍然坚持做理想主义者，就必定不是因为幼稚，而是因为精神上的成熟和自觉。

二

有两种理想。一种是社会理想，旨在救世和社会改造。另一种是人生理想，旨在自救和个人完善。如果说前者还有一个是否切合社会实际的问题，那么，对于后者来说，这个问题根本不存在。人生理想仅仅关涉个人的灵魂，在任何社会条件下，一个人总是可以追求智慧和美德的。如果你不追求，那只是因为你不想，决不能以不切实际为由来替自己辩解。

三

理想有何用？人有灵魂生活和肉身生活。灵魂生活也是人生最真实的组成部分。理想便是灵魂生活的寄托。

所以，就处世来说，如果世道重实利而轻理想，理想主义会显得不合时宜；就做人来说，只要一个人看重灵魂生活，理想主义对他便永远不会过时。

当然，对于没有灵魂的东西，理想毫无用处。

四

圣徒是激进的理想主义者，智者是温和的理想主义者。在没有上帝的世界上，一个寻求信仰而不可得的理想主义者会转而寻求智慧的救助，于是成为智者。

五

我们永远只能生活在现在，要伟大就现在伟大，要超脱就现在超脱，要快乐就现在快乐。总之，如果你心目中有了一种生活的理想，那么，你应该现在就来实现它。倘若你只是想象将来有一天能够伟大、超脱或快乐，而现在却总是委琐、钻营、苦恼，则我敢断定你永远不会有伟大、超脱、快乐的一天。作为一种生活态度，理想是现在进行时的，而不是将来时的。

心灵也是一种现实

一

人同时生活在外部世界和内心世界中。内心世界也是一个真实的世界。或者，反过来说也一样：外部世界也是一个虚幻的世界。

二

对于不同的人，世界呈现不同的面貌。在精神贫乏者眼里，世界也是贫乏的。世界的丰富的美是依每个人心灵丰富的程度而开放的。

对于音盲来说，贝多芬等于不存在。对于画盲来说，毕加索等于不存在。对于只读流行小报的人来说，从荷马到海明威的整个文学宝库等于不存在。对于终年在名利场上奔忙的人来说，大自然的美等于不存在。

想一想，一生中有多少时候，我们把自己放逐在世界的丰富的美之外了？

一个经常在阅读和沉思中与古今哲人文豪倾心交谈的人，与一个只读明星逸闻和凶杀故事的人，他们生活在多么不同的世界上！

那么，你们还要说对崇高精神生活的追求是无用的吗？

三

肉体需要有它的极限，超于此上的都是精神需要。奢侈，挥霍，排场，虚荣，这些都不是直接的肉体享受，而是一种精神上的满足，当然是比较低级的满足。一个人在肉体需要得到了满足的基础上，他的剩余精力必然要投向对精神需要的追求，而精神需要有高低之分，由此分出了人的灵魂和生命质量的优劣。

四

不存在事实，只存在对事实的解释。当一种解释被经验所证明时，我们便称它为真理。由于经验总是有限的，所以真理总是相对的。

有一类解释是针对整个世界及其本质、起源、目的等等的，这类解释永远不能被经验所证明或否定，我们把这类解释称作信仰。

理想也是一种解释，它立足于价值立场来解释人生或者社会。作为价值尺度，理想一点儿也不虚无缥缈，一个人有没有理想，有怎样的理想，非常具体地体现在他的生活方式和处世态度中。

五

说到底，在这世界上，谁的经历不是平凡而又平凡的？心灵历程的悬殊才在人与人之间铺下了鸿沟。

六

对于一颗善于感受和思考的灵魂来说，世上并无完全没有意义的生活，任何一种经历都可以转化为内在的财富。而且，这是最可靠的财富，因为正如一位诗人所说："你所经历的，世间没有力量能从你那里夺走。"

七

心灵的财富也是积累而成的。一个人酷爱精神的劳作和积聚，不断产生、搜集、贮藏点滴的感受，日积月累，就在他的内心中建立了一个巨大的宝库，造就了一颗丰富的灵魂。在他面前，那些精神懒汉相比之下终于形同乞丐。

精神乞丐？可是精神的财富是可以乞讨而得的么，哪怕拥有者愿意施舍？何况，物质上愈是贫穷的人就愈知道金钱的价值，认识精神财富的价值却需要精神的眼睛，而精神贫乏的人必定也在精神整体上发育不良，他的精神眼睛是盲的，甚至连乞讨的愿望也没有。物质上的贫富差别显而易见，于是穷人起而反抗，并且把带头揭露此种差别的人视为英雄和救星。可是，精神上的贫富差别唯有富者看得分明，倘若他直言不讳地揭露此种差别，就会被视为罪人，宽容一点吧，便是狂人和疯子。

物质上的贫富差别，受害者是穷人，他受肉体冻馁之苦。精神上的贫富差别，受害者是富人，他受精神孤独之苦。

八

在某种意义上，美、艺术都是梦。但是，梦并不虚幻，它对人心的作用和它在人生中的价值完全是真实的。弗洛伊德早已阐明，倘没有梦的疗慰，人人都非患神经官能症不可。不妨设想一下，倘若彻底排除掉梦、想象、幻觉的因素，世界不再有色彩和音响，人心不再有憧憬和战栗，生命还有什么意义？在人生画面上，梦幻也是真实的一笔。

九

梦是虚幻的，但虚幻的梦所发生的作用却是完全真实的。美、艺术、爱情、自由、理想、真理，都是人生的大梦。如果没有这一切梦，人生会是一个什么样子啊！

十

在这个时代，能够沉醉于自己的心灵空间的人是越来越少了。那么，好梦联翩就是福，何必成真。

十一

两种人爱做梦：太有能者和太无能者。他们都与现实不合，前者超出，后者不及。但两者的界限是不易分清的，在成功之前，前者常常被误认为后者。

可以确定的是，不做梦的人必定平庸。

十二

我喜欢奥尼尔的剧本《天边外》。它使你感到，一方面，幻想毫无价值，美毫无价值，一个幻想家总是实际生活的失败者，一个美的追求者总是处处碰壁的倒霉鬼；另一方面，对天边外的秘密的幻想，对美的憧憬，仍然是人生的最高价值，那种在实际生活中即使一败涂地还始终如一地保持幻想和憧憬的人，才是真正的幸运儿。

十三

耽于梦想也许是一种逃避，但梦想本身却常常是创造的动力。凡·高这样解释他的创作冲动："我一看到空白的画布呆望着我，就迫不及待地要把内容投掷上去。"在每一个创造者眼中，生活本身也是这样一张空白的画布，等待着他去赋予内容。相反，谁眼中的世界如果是一座琳琅满目的陈列馆，摆满了现成的画作，这个人肯定不会再有创造的冲动，他至多只能做一个鉴赏家。

第三辑　人生境界

现在我觉得，人生最好的境界是丰富的安静。安静，是因为摆脱了外界虚名浮利的诱惑。丰富，是因为拥有了内在精神世界的宝藏。

成功的真谛

在通常意义上，成功指一个人凭自己的能力做出了一番成就，并且这成就获得了社会的承认。成功的标志，说穿了，无非是名声、地位和金钱。这个意义上的成功当然也是好东西。世上有人淡泊于名利，但没有人会愿意自己彻底穷困潦倒，成为实际生活中的失败者。歌德曾说："勋章和头衔能使人在倾轧中免遭挨打。"据我的体会，一个人即使相当超脱，某种程度的成功也仍然是好事，对于超脱不但无害反而有所助益。当你在广泛的范围里得到了社会的承认，你就更不必在乎在你所隶属的小环境里的遭遇了。众所周知，小环境里往往充满短兵相接的琐屑的利益之争，而你因为你的成功便仿佛站在了天地比较开阔的高处，可以俯视从而以此方式摆脱这类渺小的斗争。

但是，这样的俯视毕竟还是站得比较低的，只不过是恃大利而弃小利罢了，仍未脱利益的计算。真正站得高的人应该能够站到世间一切成功的上方俯视成功本身。一个人能否做出被社会承认的成就，并不完全取决于才能，起作用的还有环境和机遇等外部因素，有时候这些外部因素甚至起决定性作用。单凭这一点，就有理由不以成败论英雄。我曾经在边远省份的一个小县生活了将近十年，如果不是大环境发生变化，也许会在那里“埋没”终生。我尝自问，倘真如此，我便比现在的我差许多吗？我不相信。当然，我肯定不会有现在的所谓成就和名声，但只要我精神上足够富有，我就一定会以另一种方式收获自己的果实。成功是一个社会概念，一个直接面对上帝和自己的人是不会太看重它的。

我的意思是说，成功不是衡量人生价值的最高标准，比成功更重要的是，一个人要拥有内在的丰富，有自己的真性情和真兴趣，有自己真正喜欢做的事。只要你有自己真正喜欢做的事，你就在任何情况下都会感到充实和踏实。那些仅仅追求外在成功的人实际上是没有自己真正喜欢做的事的，他们真正喜欢的只是名利，一旦在名利场上受挫，内在的空虚就暴露无遗。照我的理解，把自己真正喜欢做的事做好，尽量做得完美，让自己满意，这才是成功的真谛，如此感到的喜悦才是不掺杂功利考虑的纯粹的成功之喜悦。当一个母亲生育了一个可爱的小生命，一个诗人写出了一首美妙的诗，所感觉到的就是这种纯粹的喜悦。当然，这个意义上的成功已经超越于社会的评价，而人生最珍贵的价值和最美好的享受恰恰就寓于这样的成功之中。

2000.11

寻求智慧的人生

在现代哲学家中，罗素是个精神出奇地健全平衡的人。他是逻辑经验主义的开山鼻祖，却不像别的分析哲学家那样偏于学术的一隅，活得枯燥乏味。他喜欢沉思人生问题，却又不像存在哲学家那样陷于绝望的深渊，活得痛苦不堪。他的一生足以令人羡慕，可说应有尽有：一流的学问，卓越的社会活动和声誉，丰富的爱情经历，最后再加上长寿。命运居然选中这位现代逻辑宗师充当西方“性革命”的首席辩护人，让他在大英帝国的保守法庭上经受了一番戏剧性的折磨，也算是一奇。科学理性与情欲冲动在他身上并行不悖，以致我的一位专门研究罗素的朋友揶揄地说：罗素精彩的哲学思想一定是在他五个情人的怀里孕育的。

上世纪后半叶以来，西方大哲内心多半充斥一种紧张的危机感，这原是时代危机的反映。罗素对这类哲人不抱好感，例如，对于尼采、弗洛伊德均有微词。一个哲学家在病态的时代居然能保持心理平衡，我就不免要怀疑他的真诚。不过，罗素也许是个例外。

罗素对于时代的病患并不麻木，他知道现代西方人最大的病痛来自基督教信仰的崩溃，使终有一死的生命失去了根基。在无神的荒原上，现代神学家们凭吊着也呼唤着上帝的亡灵，存在哲学家们诅咒着也讴歌着人生的荒诞。但罗素一面坚定地宣告他不信上帝，一面却并不因此堕入病态的悲观或亢奋。他相信人生一切美好的东西不会因为其短暂性而失去价值。对于死亡，他“以一种坚忍的观点，从容而又冷静地去思考它，并不有意缩小它的重要性，相反地对于能超越它感到一种骄傲”。罗素极其珍视爱在人生中的价值。他所说的爱，不是柏拉图式的抽象的爱，而是“以动物的活力与本能为基础”的爱，尤其是性爱。不过，他主张爱要受理性调节。他的信念归纳在这句话里：“高尚的生活是受爱激励并由知识导引的生活。”爱与知识，本能与理智，二者不可或缺。有时他说，与所爱者相处靠本能，与所恨者相处靠理智。也许我们可以引申一句：对待欢乐靠本能，对待不幸靠理智。在性爱的问题上，罗素是现代西方最早提倡性自由的思想家之一，不过浅薄者对他的观点颇多误解。他固然主张婚姻、爱情、性三者可以相对分开，但是他对三者的评价是有高低之分的。在他看来，第一，爱情高于单纯的性行为，没有爱的性行为是没有价值的；第二，“经历了多年考验，而且又有许多深切感受的伴侣生活”高于一时的迷恋和钟情，因为它包含着后者所不具有的丰富内容。我们在理论上可以假定每一个正常的异性都是性行为的可能对象，但事实上必有选择。我们在理论上可以假定每一个中意的异性都是爱情的可能对象，但事实上必有舍弃。热烈而持久的情侣之间有无数珍贵的共同记忆，使他们不肯轻易为了新的爱情冒险而将它们损害。

几乎所有现代大哲都是现代文明的批判者，在这一点上罗素倒不是例外。他崇尚科学，但并不迷信科学。爱与科学，爱是第一位的。科学离开爱的目标，便只会使人盲目追求物质财富的增值。罗素说，在现代世界中，爱的最危险的敌人是工作即美德的信念，急于在工作和财产上取得成功的贪欲。这种过分膨胀的“事业心”耗尽了人的活动力量，使现代城市居民的娱乐方式趋于消极的和团体的。像历来一切贤哲一样，他强调闲暇对于人生的重要性，为此他主张“开展一场引导青年无所事事的运动”，鼓励人们欣赏非实用的知识如艺术、历史、英雄传记、哲学等等的美味。他相信，从“无用的”知识与无私的爱的结合中便能生出智慧。确实，在匆忙的现代生活的急流冲击下，能够恬然沉思和温柔爱人的心灵愈来愈稀少了。如果说尼采式的敏感哲人曾对此发出振聋发聩的痛苦呼叫，那么，罗素，作为这时代一个心理健康的哲人，我们又从他口中听到了语重心长的明智规劝。但愿这些声音能启发今日性灵犹存的青年去寻求一种智慧的人生。

1988.7

记住回家的路

生活在今日的世界上，心灵的宁静不易得。这个世界既充满着机会，也充满着压力。机会诱惑人去尝试，压力逼迫人去奋斗，都使人静不下心来。我不主张年轻人拒绝任何机会，逃避一切压力，以闭关自守的姿态面对世界。年轻的心灵本不该静如止水，波澜不起。世界是属于年轻人的，趁着年轻到广阔的世界上去闯荡一番，原是人生必要的经历。所须防止的只是，把自己完全交给了机会和压力去支配，在世界上风风火火或浑浑噩噩，迷失了回家的路途。

每到一个陌生的城市，我的习惯是随便走走，好奇心驱使我去探寻这里的热闹的街巷和冷僻的角落。在这途中，难免暂时地迷路，但心中一定要有把握，自信能记起回住处的路线，否则便会感觉不踏实。我想，人生也是如此。你不妨在世界上闯荡，去建功创业，去探险猎奇，去觅情求爱，可是，你一定不要忘记了回家的路。这个家，就是你的自我，你自己的心灵世界。

寻求心灵的宁静，前提是首先要有一个心灵。在理论上，人人都有一个心灵，但事实上却不尽然。有一些人，他们永远被外界的力量左右着，永远生活在喧闹的外部世界里，未尝有真正的内心生活。对于这样的人，心灵的宁静就无从谈起。一个人唯有关注心灵，才会因为心灵被扰乱而不安，才会有寻求心灵的宁静之需要。所以，具有过内心生活的禀赋，或者养成这样的习惯，这是最重要的。有此禀赋或习惯的人都知道，其实内心生活与外部生活并非互相排斥的，同一个人完全可能在两方面都十分丰富。区别在于，注重内心生活的人善于把外部生活的收获变成心灵的财富，缺乏此种禀赋或习惯的人则往往会迷失在外部生活中，人整个儿是散的。自我是一个中心点，一个人有了坚实的自我，他在这个世界上便有了精神的坐标，无论走多远都能够找到回家的路。换一个比方，我们不妨说，一个有着坚实的自我的人便仿佛有了一个精神的密友，他无论走到哪里都带着这个密友，这个密友将忠实地分享他的一切遭遇，倾听他的一切心语。

如果一个人有自己的心灵追求，又在世界上闯荡了一番，有了相当的人生阅历，那么，他就会逐渐认识到自己在这个世界上的位置。世界无限广阔，诱惑永无止境，然而，属于每一个人的现实可能性终究是有限的。你不妨对一切可能性保持着开放的心态，因为那是人生魅力的源泉，但同时你也要早一些在世界之海上抛下自己的锚，找到最适合自己的领域。一个人不论伟大还是平凡，只要他顺应自己的天性，找到了自己真正喜欢做的事，并且一心把自己喜欢做的事做得尽善尽美，他在这世界上就有了牢不可破的家园。于是，他不但会有足够的勇气去承受外界的压力，而且会有足够的清醒来面对形形色色的机会的诱惑。我们当然没有理由怀疑，这样的一个人必能获得生活的充实和心灵的宁静。

1998.4

每个人都是一个宇宙

一

我的怪癖是喜欢一般哲学史不屑记载的哲学家，宁愿绕开一个个曾经显赫一时的体系的颓宫，到历史的荒村陋巷去寻找他们的足迹。爱默生就属于这些我颇愿结识一番的哲学家之列。

我对爱默生向往已久。在我的精神旅行图上，我早已标出那个康科德小镇的方位。尼采常常提到他。如果我所喜欢的某位朋友常常情不自禁地向我提起他所喜欢的一位朋友，我知道我也准能喜欢他的这位朋友。

作为美国文艺复兴的领袖和杰出的散文大师，爱默生已名垂史册。作为一名哲学家，他却似乎进不了哲学的“正史”。他是一位长于灵感而拙于体系的哲学家。他的“体系”，所谓超验主义，如今在美国恐怕也没有人认真看待了。如果我试图对他的体系作一番条分缕析的解说，就未免太迂腐了。我只想受他的灵感的启发，随手写下我的感触。超验主义死了，但爱默生的智慧永存。

二

也许没有一个哲学家不是在实际上试图建立某种体系，赋予自己最得意的思想以普遍性形式。声称反对体系的哲学家也不例外。但是，大千世界的神秘不会屈从于任何公式，没有一个体系能够万古长存。幸好真正有生命力的思想不会被体系的废墟掩埋，一旦除去体系的虚饰，它们反以更加纯粹的面貌出现在天空下，显示出它们与阳光、土地、生命的坚实联系，在我们心中唤起亲切的回响。

爱默生相信，人心与宇宙之间有着对应关系，所以每个人凭内心体验就可以认识自然和历史的真理。这就是他的超验主义，有点像主张“吾心即是宇宙”、“心即理”、“致良知”的宋明理学。人心与宇宙之间究竟有没有对应关系，这是永远无法在理论上证实或驳倒的。一种形而上学不过是一种信仰，其作用只是用来支持一种人生态度和价值立场。我宁可直接面对这种人生态度和价值立场，而不去追究它背后的形而上学信仰。于是我看到，爱默生想要表达的是他对人性完美发展的可能性的期望和信心，他的哲学是一首洋溢着乐观主义精神的个性解放的赞美诗。

但爱默生的人道主义不是欧洲文艺复兴的单纯回声。他生活在十九世纪，和同时代少数几个伟大思想家一样，他也是揭露现代资本主义社会异化现象的先知先觉者。每个人都是一个宇宙，但在现实中却成了碎片。“社会是这样一种状态，每一个人都像是从身上锯下来的一段肢体，昂然地走来走去，许多怪物——一个好手指，一个颈项，一个胃，一个肘弯，但是从来不是一个人。”我想起了马克思在1884年的手稿中对人的异化的分析。我也想起了尼采的话：“我的目光从今天望到过去，发现比比皆是：碎片、断肢和可怕的偶然——可是没有人!”他们的理论归宿当然截然不同，但都同样热烈怀抱着人性全面发展的理想。往往有这种情况：同一种激情驱使人们从事理论探索，结果却找到了不同的理论，甚至彼此成为思想上的敌人。但是，真的是敌人吗?

三

每个人都是一个宇宙，每个人的天性中都蕴藏着大自然赋予的创造力。把这个观点运用到读书上，爱默生提倡一种“创造性的阅读”。这就是：把自己的生活当作正文，把书籍当作注解；听别人发言是为了使自己能说话；以一颗活跃的灵魂，为获得灵感而读书。

几乎一切创造欲强烈的思想家都对书籍怀着本能的警惕。蒙田曾谈到“文殛”，即因读书过多而被文字之斧砍伤，丧失了创造力。叔本华把读书太滥譬作将自己的头脑变成别人思想的跑马场。爱默生也说：“我宁愿从来没有看见过一本书，而不愿意被它的吸力扭曲过来，把我完全拉到我的轨道外面，使我成为一颗卫星，而不是一个宇宙。”

许多人热心地请教读书方法，可是如何读书其实是取决于整个人生态度的。开卷有益，也可能有害。过去的天才可以成为自己天宇上的繁星，也可以成为压抑自己的偶像。爱默生俏皮地写道：“温顺的青年人在图书馆里长大，他们相信他们的责任是应当接受西塞罗、洛克、培根的意见；他们忘了西塞罗、洛克与培根写这些书的时候，也不过是图书馆里的青年人。”我要加上一句：幸好那时图书馆的藏书比现在少得多，否则他们也许成不了西塞罗、洛克、培根了。

好的书籍是朋友，但也仅仅是朋友。与好友会晤是快事，但必须自己有话可说，才能真正快乐。一个愚钝的人，再智慧的朋友对他也是毫无用处的，他坐在一群才华横溢的朋友中间，不过是一具木偶，一个讽刺，一种折磨。每人都是一个神，然后才有奥林匹斯神界的欢聚。

我们读一本书，读到精彩处，往往情不自禁地要喊出声来：这是我的思想，这正是我想说的，被他偷去了！有时候真是难以分清，哪是作者的本意，哪是自己的混入和添加。沉睡的感受唤醒了，失落的记忆找回了，朦胧的思绪清晰了。其余一切，只是死的“知识”，也就是说，只是外在于灵魂有机生长过程的无机物。

我曾经计算过，尽我有生之年，每天读一本书，连我自己的藏书也读不完。何况还不断购进新书，何况还有图书馆里难计其数的书。这真有点令人绝望。可是，写作冲动一上来，这一切全忘了。爱默生说得漂亮：“当一个人能够直接阅读上帝的时候，那时间太宝贵了，不能够浪费在别人阅读后的抄本上。”只要自己有旺盛的创作欲，无暇读别人写的书也许是一种幸运呢。

四

有两种自信：一种是人格上的独立自主，藐视世俗的舆论和功利；一种是理智上的狂妄自大，永远自以为是，自我感觉好极了。我赞赏前一种自信，对后一种自信则总是报以几分不信任。

人在世上，总要有所依托，否则会空虚无聊。有两样东西似乎是公认的人生支柱，在讲究实际的人那里叫职业和家庭，在注重精神的人那里叫事业和爱情。食色性也，职业和家庭是社会认可的满足人的两大欲望的手段，当然不能说它们庸俗。然而，职业可能不称心，家庭可能不美满，欲望是满足了，但付出了无穷烦恼的代价。至于事业的成功和爱情的幸福，尽管令人向往之至，却更是没有把握的事情。而且，有些精神太敏感的人，即使得到了这两样东西，还是不能摆脱空虚之感。

所以，人必须有人格上的独立自主。你诚然不能脱离社会和他人生活，但你不能一味攀援在社会建筑物和他人身上。你要自己在生命的土壤中扎根。你要在人生的大海上抛下自己的锚。一个人如果把自己仅仅依附于身外的事物，即使是极其美好的事物，顺利时也许看不出他的内在空虚，缺乏根基，一旦起了风浪，例如社会动乱，事业挫折，亲人亡故，失恋，等等，就会一蹶不振乃至精神崩溃。正如爱默生所说："然而事实是：他早已是一只漂流着的破船，后来起的这一阵风不过向他自己暴露出他流浪的状态。"

爱默生写有长文热情歌颂爱情的魅力，但我更喜欢他的这首诗：

为爱牺牲一切，
服从你的心；
朋友，亲戚，时日，
名誉，财产，
计划，信用与灵感，
什么都能放弃。
为爱离弃一切；
然而，你听我说：
……
你须要保留今天，
明天，你整个的未来，
让它们绝对自由，
不要被你的爱人占领。
如果你心爱的姑娘另有所欢，你还她自由。
你应当知道，
半人半神走了，
神就来了。

世事的无常使得古来许多贤哲主张退隐自守，清静无为，无动于衷。我厌恶这种哲学。我喜欢看见人们生气勃勃地创办事业，如痴如醉地堕入情网，痛快淋漓地享受生命。但是，不要忘记了最主要的事情：你仍然属于你自己。每个人都是一个宇宙，每个人都应该有一个自足的精神世界。这是一个安全的场所，其中珍藏着你最珍贵的宝物，任何灾祸都不能侵犯它。心灵是一本奇特的账簿，只有收入，没有支出，人生的一切痛苦和欢乐，都化作宝贵的体验记入它的收入栏中。是的，连痛苦也是一种收入。人仿佛有了两个自我，一个自我到世界上去奋斗，去追求，也许凯旋，也许败归，另一个自我便含着宁静的微笑，把这遍体汗水和血迹的哭着笑着的自我迎回家来，把丰厚的战利品指给他看，连败归者也有一份。

爱默生赞赏儿童身上那种不怕没得饭吃、说话做事从不半点随人的王公贵人派头。一到成年，人就注重别人的观感，得失之患多了。我想，一个人在精神上真正成熟之后，又会返璞归真，重获一颗自足的童心。他消化了社会的成规习见，把它们扬弃了。

五

还有一点余兴，也一并写下。有句成语叫大智若愚。人类精神的这种逆反形式很值得研究一番。我还可以举出大善若恶，大悲若喜，大信若疑，大严肃若轻浮。在爱默生的书里，我也找到了若干印证。

悲剧是深刻的，领悟悲剧也须有深刻的心灵。“性情浅薄的人遇到不幸，他的感情仅只是演说式的做作。”然而这不是悲剧。人生的险难关头最能检验一个人的灵魂深浅。有的人一生接连遭到不幸，却未尝体验过真正的悲剧情感。相反，表面上一帆风顺的人也可能经历巨大的内心悲剧。一切高贵的情感都羞于表白，一切深刻的体验都拙于言辞。大悲者会以笑谑嘲弄命运，以欢容掩饰哀伤。丑角也许比英雄更知人生的辛酸。爱默生举了一个例子：正当喜剧演员卡里尼使整个那不勒斯城的人都笑断肚肠的时候，有一个病人去找城里的一个医生，治疗他致命的忧郁症。医生劝他到戏院去看卡里尼的演出，他回答：“我就是卡里尼。”

与此相类似，最高的严肃往往貌似玩世不恭。古希腊人就已经明白这个道理。爱默生引用普鲁塔克的话说：“研究哲理而外表不像研究哲理，在嬉笑中做成别人严肃认真地做的事，这是最高的智慧。”正经不是严肃，就像教条不是真理一样。真理用不着板起面孔来增添它的权威。在那些一本正经的人中间，你几乎找不到一个严肃思考过人生的人。不，他们思考的多半不是人生，而是权力，不是真理，而是利益。真正严肃思考过人生的人知道生命和理性的限度，他能自嘲，肯宽容，愿意用一个玩笑替受窘的对手解围，给正经的论敌一个教训。他以诙谐的口吻谈说真理，仿佛故意要减弱他的发现的重要性，以便只让它进入真正知音的耳朵。

尤其是在信仰崩溃的时代，那些佯癫装疯的狂人倒是一些太严肃地对待其信仰的人。鲁迅深知此中之理，说嵇康、阮籍表面上毁坏礼教，实则倒是太相信礼教，因为不满意当权者利用和亵渎礼教，才以反礼教的过激行为发泄内心愤想。其实，在任何信仰体制之下，多数人并非真有信仰，只是做出相信的样子罢了。于是过分认真的人就起而论究是非，阐释信仰之真谛，结果被视为异端。一部基督教史就是没有信仰的人以维护信仰之名把有信仰的人当做邪教徒烧死的历史。殉道者多半死于同志之手而非敌人之手。所以，爱默生说，伟大的有信仰的人永远被目为异教徒，终于被迫以一连串的怀疑论来表现他的信念。怀疑论实在是过于认真看待信仰或知识的结果。苏格拉底为了弄明智慧的实质，遍访雅典城里号称有智慧的人，结果发现他们只是在那里盲目自信，其实并无智慧。他到头来认为自己仍然不知智慧为何物，说出了那句著名的话："我知道我一无所知。"哲学史上的怀疑论者大抵都是太认真地要追究人类认识的可靠性，结果反而疑团丛生。

1987.6

人生贵在行胸臆

一

读袁中郎全集，感到清风徐徐扑面，精神阵阵爽快。

明末的这位大才子一度做吴县县令，上任伊始，致书朋友们道："吴中得若令也，五湖有长，洞庭有君，酒有主人，茶有知己，生公说法石有长老。"开卷读到这等潇洒不俗之言，我再舍不得放下了，相信这个人必定还会说出许多妙语。

我的期望没有落空。

请看这一段："天下有大败兴事三，而破国亡家不与焉。山水朋友不相凑，一败兴也。朋友忙，相聚不久，二败兴也。游非及时，或花落山枯，三败兴也。"

真是非常的飘逸。中郎一生最爱山水，最爱朋友，难怪他写得最好的是游记和书信。

不过，倘若你以为他只是个耽玩的倜傥书生，未免小看了他。《明史》记载，他在吴县任上"听断敏决，公庭鲜事"，遂整日"与士大夫谈说诗文，以风雅自命”。可见极其能干，游刃有余。但他是真个风雅，天性耐不得官场俗务，终于辞职。后来几度起官，也都以谢病归告终。

在明末文坛上，中郎和他的两位兄弟是开一代新风的人物。他们的风格，用他评其弟小修诗的话说，便是“独抒性灵，不拘格套，非从自己胸臆流出，不肯下笔”。其实，这话不但说出了中郎的文学主张，也说出了他的人生态度。他要依照自己的真性情生活，活出自己的本色来。他的潇洒绝非表面风流，而是他的内在性灵的自然流露。性者个性，灵者灵气，他实在是个极有个性极有灵气的人。

二

每个人一生中，都曾经有过一个依照真性情生活的时代，那便是童年。孩子是天真烂漫，不肯拘束自己的。他活着整个儿就是在享受生命，世俗的利害和规矩暂时还都不在他眼里。随着年龄增长，染世渐深，俗虑和束缚愈来愈多，原本纯真的孩子才被改造成了俗物。

那么，能否逃脱这个命运呢？很难，因为人的天性是脆弱的，环境的力量是巨大的。随着童年的消逝，倘若没有一种成年人的智慧及时来补救，几乎不可避免地会失掉童心。所谓大人先生者不失赤子之心，正说明智慧是童心的守护神。凡童心不灭的人，必定对人生有着相当的彻悟。

所谓彻悟，就是要把生死的道理想明白。名利场上那班人不但没有想明白，只怕连想也不肯想。袁中郎责问得好："天下皆知生死，然未有一人信生之必死者……趋名骛利，惟曰不足，头白面焦，如虑铜铁之不坚，信有死者，当如是耶?"名利的追求是无止境的，官做大了还想更大，钱赚多了还想更多。"未得则前涂为究竟，涂之前又有涂焉，可终究钦？已得则即景为寄寓，寓之中无非寓焉，故终身驰逐而已矣。"在这终身的驰逐中，不再有工夫做自己真正感兴趣的事，接着连属于自己的真兴趣也没有了，那颗以享受生命为最大快乐的童心就这样丢失得无影无踪了。

事情是明摆着的：一个人如果真正想明白了生之必死的道理，他就不会如此看重和孜孜追逐那些到头来一场空的虚名浮利了。他会觉得，把有限的生命耗费在这些事情上，牺牲了对生命本身的享受，实在是很愚蠢的。人生有许多出于自然的享受，例如爱情、友谊、欣赏大自然、艺术创造等等，其快乐远非虚名浮利可比，而享受它们也并不需要太多的物质条件。在明白了这些道理以后，他就会和世俗的竞争拉开距离，借此为保存他的真性情赢得了适当的空间。而一个人只要依照真性情生活，就自然会努力去享受生命本身的种种快乐。用中郎的话说，这叫做："退得一步，即为稳实，多少受用。"

当然，一个人彻悟了生死的道理，也可能会走向消极悲观。不过，如果他是一个热爱生命的人，这一前途即可避免。他反而会获得一种认识：生命的密度要比生命的长度更值得追求。从终极的眼光看，寿命是无稽的，无论长寿短寿，死后都归于虚无。不止如此，即使用活着时的眼光作比较，寿命也无甚意义。中郎说："试令一老人与少年并立，问彼少年，尔所少之寿何在，觅之不得。问彼老人，尔所多之寿何在，觅之亦不得。少者本无，多者亦归于无，其无正等。"无论活多活少，谁都活在此刻，此刻之前的时间已经永远消逝，没有人能把它们抓在手中。所以，与其贪图活得长久，不如争取活得痛快。中郎引惠开的话说："人生不得行胸臆，纵年百岁犹为夭。"就是这个意思。

三

我们或许可以把袁中郎称作享乐主义者，不过他所提倡的乐，乃是合乎生命之自然的乐趣，体现生命之质量和浓度的快乐。在他看来，为了这样的享乐，付出什么代价也是值得的，甚至这代价也成了一种快乐。

有两段话，极能显出他的个性的光彩。

在一处他说："世人所难得者惟趣"，尤其是得之自然的趣。他举出童子的无往而非趣，山林之人的自在度日，愚不肖的率心而行，作为这种趣的例子。然后写道："自以为绝望于世，故举世非笑之不顾也，此又一趣也。"凭真性情生活是趣，因此遭到全世界的反对又是趣，从这趣中更见出了怎样真的性情！

另一处谈到人生真乐有五，原文太精彩，不忍割爱，照抄如下：

"目极世间之色，耳极世间之声，身极世间之鲜，口极世间之谭，一快活也。堂前列鼎，堂后度曲，宾客满席，男女交舄，烛气熏天，珠翠委地，皓魄入帐，花影流衣，二快活也。箧中藏万卷书，书皆珍异。宅畔置一馆，馆中约真正同心友十余人，人中立一识见极高，如司马迁、罗贯中、关汉卿者为主，分曹部署，各成一书，远文唐宋酸儒之陋，近完一代未竟之篇，三快活也。千金买一舟，舟中置鼓吹一部，妓妾数人，游闲数人，泛家浮宅，不知老之将至，四快活也。然人生受用至此，不及十年，家资田产荡尽矣。然后一身狼狈，朝不谋夕，托钵歌妓之院，分餐孤老之盘，往来乡亲，恬不知耻，五快活也。”

前四种快活，气象已属不凡，谁知他笔锋一转，说享尽人生快乐以后，一败涂地，沦为乞丐，又是一种快活！中郎文中多这类飞来之笔，出其不意，又顺理成章。世人常把善终视作幸福的标志，其实经不起推敲。若从人生终结看，善不善终都是死，都无幸福可言。若从人生过程看，一个人只要痛快淋漓地生活过，不管善不善终，都称得上幸福了。对于一个洋溢着生命热情的人来说，幸福就在于最大限度地穷尽人生的各种可能性，其中也包括困境和逆境。极而言之，乐极生悲不足悲，最可悲的是从来不曾乐过，一辈子稳稳当当，也平平淡淡，那才是白活了一场。

中郎自己是个充满生命热情的人，他做什么事都兴致勃勃，好像不要命似的。爱山水，便说落雁峰“可值百死”。爱朋友，便叹“以友为性命”。他知道“世上希有事，未有不以死得者”，值得要死要活一番。读书读到会心处，便“灯影下读复叫，叫复读，僮仆睡者皆惊起”，真是忘乎所以。他爱女人，坦陈有“青娥之癖”。他甚至发起懒来也上瘾，名之“懒癖”。

关于癖，他说过一句极中肯的话："余观世上语言无味面目可憎之人，皆无癖之人耳。若真有所癖，将沉湎酣溺，性命死生以之，何暇及钱奴宦贾之事。"有癖之人，哪怕有的是怪癖恶癖，终归还保留着一种自己的真兴趣真热情，比起那班名利俗物来更是一个活人。当然，所谓癖是真正着迷，全心全意，死活不顾。譬如巴尔扎克小说里的于洛男爵，爱女色爱到财产名誉地位性命都可以不要，到头来穷困潦倒，却依然心满意足，这才配称好色，那些只揩油不肯作半点牺牲的偷香窃玉之辈是不够格的。

四

一面彻悟人生的实质，一面满怀生命的热情，两者的结合形成了袁中郎的人生观。他自己把这种人生观与儒家的谐世、道家的玩世、佛家的出世并列为四，称作适世。若加比较，儒家是完全入世，佛家是完全出世，中郎的适世似与道家的玩世相接近，都在入世出世之间。区别在于，玩世是入世者的出世法，怀着生命的忧患意识逍遥世外，适世是出世者的入世法，怀着大化的超脱心境享受人生。用中郎自己的话说，他是想学"凡间仙，世中佛，无律度的孔子"。

明末知识分子学佛参禅成风，中郎是不以为然的。他“自知魔重”，“出则为湖魔，入则为诗魔，遇佳友则为谈魔”，舍不得人生如许乐趣，绝不肯出世。况且人只要生命犹存，真正出世是不可能的。佛祖和达摩舍太子位出家，中郎认为是没有参透生死之理的表现。他批评道：“当时便在家何妨，何必掉头不顾，为此偏枯不可训之事？似亦不圆之甚矣。”人活世上，如空中鸟迹，去留两可，无须拘泥区区行藏的所在。若说出家是为了离生死，你总还带着这个血肉之躯，仍是跳不出生死之网。若说已经看破生死，那就不必出家，在网中即可作自由跳跃。死是每种人生哲学不可回避的根本问题。中郎认为，儒道释三家，至少就其门徒的行为看，对死都不甚了悟。儒生“以立言为不死，是故著书垂训”，道士“以留形为不死，是故锻金炼气”，释子“以寂灭为不死，是故耽心禅观”，他们都企求某种方式的不死。而事实上，“茫茫众生，谁不有死，堕地之时，死案已立。”不死是不可能的。

那么，依中郎之见，如何才算了悟生死呢？说来也简单，就是要正视生之必死的事实，放下不死的幻想。他比较赞赏孔子的话：“朝闻道，夕死可矣。”一个人只要明白了人生的道理，好好地活过一场，也就死而无憾了。既然死是必然的，何时死，缘何死，便完全不必在意。他曾患呕血之病，担心必死，便给自己讲了这么一个故事：有人在家里藏一笔钱，怕贼偷走，整日提心吊胆，频频查看。有一天携带着远行，回来发现，钱已不知丢失在途中何处了。自己总担心死于呕血，而其实迟早要生个什么病死去，岂不和此人一样可笑？这么一想，就宽心了。

总之，依照自己的真性情痛快地活，又抱着宿命的态度坦然地死，这大约便是中郎的生死观。

未免太简单了一些！然而，还能怎么样呢？我自己不是一直试图对死进行深入思考，而结论也仅是除了平静接受，别无更好的法子？许多文人，对于人生问题作过无穷的探讨，研究过各种复杂的理论，在兜了偌大圈子以后，往往回到一些十分平易质实的道理上。对于这些道理，许多文化不高的村民野夫早已了然于胸。不过，倘真能这样，也许就对了。罗近溪说："圣人者，常人而肯安心者也。"中郎赞"此语抉圣学之髓"，实不为过誉。我们都是有生有死的常人，倘若我们肯安心做这样的常人，顺乎天性之自然，坦然于生死，我们也就算得上是圣人了。只怕这个境界并不容易达到呢。

1992.3

习惯于失去

出门时发现，搁在楼道里的那辆新自行车不翼而飞了。两年之中，这已是第三辆。我一面为世风摇头，一面又感到内心比前两次失窃时要平静得多。

莫非是习惯了？

也许是。近年来，我的生活中接连遭到惨重的失去，相比之下，丢辆把自行车真是不足挂齿。生活的劫难似乎使我悟出了一个道理：人生在世，必须习惯于失去。

一般来说，人的天性是习惯于得到，而不习惯于失去的。呱呱坠地，我们首先得到了生命。自此以后，我们不断地得到：从父母得到衣食、玩具、爱和抚育，从社会得到职业的训练和文化的培养。长大成人以后，我们靠着自然的倾向和自己的努力继续得到：得到爱情、配偶和孩子，得到金钱、财产、名誉、地位，得到事业的成功和社会的承认，如此等等。

当然，有得必有失，我们在得到的过程中也确实不同程度地经历了失去。但是，我们比较容易把得到看做是应该的，正常的，把失去看做是不应该的，不正常的。所以，每有失去，仍不免感到委屈。所失愈多愈大，就愈委屈。我们暗暗下决心要重新获得，以补偿所失。在我们心中的蓝图上，人生之路仿佛是由一系列的获得勾画出来的，而失去则是必须涂抹掉的笔误。总之，不管失去是一种多么频繁的现象，我们对它反正不习惯。

道理本来很简单：失去当然也是人生的正常现象。整个人生是一个不断地得而复失的过程，就其最终结果看，失去反比得到更为本质。我们迟早要失去人生最宝贵的赠礼——生命，随之也就失去了在人生过程中得到的一切。有些失去看似偶然，例如天灾人祸造成的意外损失，但也是无所不包的人生的题中应有之义。“人有旦夕祸福”，既然生而为人，就得有承受旦夕祸福的精神准备和勇气。至于在社会上的挫折和失利，更是人生在世的寻常遭际了。由此可见，不习惯于失去，至少表明对人生尚欠觉悟。一个只求得到不肯失去的人，表面上似乎富于进取心，实际上是很脆弱的，很容易在遭到重大失去之后一蹶不振。

为了习惯于失去，有时不妨主动地失去。东西方宗教都有布施一说。照我的理解，布施的本义是教人去除贪鄙之心，由不执著于财物，进而不执著于一切身外之物，乃至于这尘世的生命。如此才可明白，佛教何以把布施列为“六度”之首，即从迷惑的此岸渡向觉悟的彼岸的第一座桥梁。俗众借布施积善图报，寺庙靠布施敛财致富，实在是小和尚念歪了老祖宗的经。我始终把佛教看做古今中外最透彻的人生哲学，对它后来不伦不类的演变深不以为然。佛教主张“无我”，既然“我”不存在，也就不存在“我的”这回事了。无物属于自己，连自己也不属于自己，何况财物。明乎此理，人还会有什么得失之患呢？

当然，佛教毕竟是一种太悲观的哲学，不宜提倡。只是对于入世太深的人，它倒是一帖必要的清醒剂。我们在社会上尽可以积极进取，但是，内心深处一定要为自己保留一份超脱。有了这一份超脱，我们就能更加从容地品尝人生的各种滋味，其中也包括失去的滋味。

由丢车引发这么多议论，可见还不是太不在乎。如果有人嘲笑我阿Q精神，我乐意承认。试想，对于人生中种种不可避免的失去，小至破财，大至死亡，没有一点阿Q精神行吗？由社会的眼光看，盗窃是一种不义，我们理应与之作力所能及的斗争，而不该摆出一副哲人的姿态容忍姑息。可是，倘若社会上有更多的人了悟人生根本道理，世风是否会好一些呢？那么，这也许正是我对不义所作的一种力所能及的斗争罢。

1993.1

上帝眼中无残疾

在这个世界上，每天都在发生许多预料不到的灾祸，这些灾祸落在谁的头上完全是偶然的，是个人不能选择也不能抗拒的。事实上，我们每个人都始终是候选人，谁也不能排除明天灾祸落到自己头上的可能性。琼尼只是比我们早一些被选上了，在那一个瞬间由一个充满活力的少女突然变成了一个四肢瘫痪的残疾人。她的故事从那个瞬间开始，人们可以从各个角度来读这个故事，例如把它读做一个堪称典范的康复故事，一个战胜苦难的英雄故事，一个令人惊叹的奇迹故事，如此等等。这一切都符合事实，然而，我认为，这个故事的含义要超过这一切。

在我看来，琼尼的故事给我们的最深刻启示是使我们看到，虽然我们的外在生命即我们的躯壳是脆弱的，它很容易受伤，甚至会严重地残缺不全，但是，无论在怎样不幸的情况下，我们始终有可能保有一个完整的、健康的内在生命。这个内在生命的通俗名称叫做精神或者灵魂。实际上，心理康复的过程就是逐步发现和真切感受到自己的内在生命仍然是完整的，从而克服身体残疾所造成的沮丧和自卑。也正是这个坚不可摧的内在生命具有在苦难中创造奇迹的能力，使表面上似乎失去了任何意义的生命又被意义的光芒照亮。

其实，残疾与健康的界限是相对的。从出生那一天起，我们每一个人的身体就已经注定要走向衰老，会不断地受到损坏。由于环境的限制和生活方式的片面，我们的许多身体机能没有得到开发，其中有一些很可能已经萎缩。严格地说，世上没有绝对健康的人，而这意味着人人在一定意义上都是残疾，区别只在明显或不明显。用这个眼光看，明显的残疾反而提供了一个机会，使人比较容易觉悟到外在生命的不可靠，从而更加关注内在生命。许多事例告诉我，残疾人中不乏精神的圣徒。除了在座的琼尼和张栩，此刻我还想起了英国科学家霍金和中国作家史铁生。相比之下，我们这些身体表面上没有残疾的人却很容易沉湎在繁忙的外部活动中，使得内在生命因为被忽视而日益趋于麻痹，这是比身体残疾更加可悲的心灵瘫痪。

作为一个基督徒，琼尼相信她的康复奇迹来自上帝的恩惠。在整个康复过程中，她不断地和上帝对话，由怀疑而终于走向坚定的信仰。我不是基督徒，但是我觉得我能够在广义上理解她的信念。她在书中引用了她的传教士朋友史蒂夫的话，大意是说，身体是一幅肖像画，真正有价值的是这幅画的内在特点和风格。我十分欣赏这个譬喻的含义，因为我也坚信内在生命具有超越于外在生命的神圣价值。上帝在哪里？在我们真正发现了我们的完整的内在生命的地方。如果说我们的易损的外在生命或多或少都是残疾，那么，当我们用上帝的眼光来看自己，就会发现我们的内在生命永远是完整的，是永远不会残缺的。是的，在上帝的眼中没有残疾，每一个人都能够生活得高贵而伟大。我相信，把琼尼和张栩，把所有勇敢的残疾人联结起来的不是身体的残疾，而恰恰是灵魂的健康。如果我经过努力也拥有一颗这样健康的灵魂，从而成为他们的同志，我将感到莫大的光荣。

2000.10

第一重要的是做人

人活世上，除吃睡之外，不外乎做事情和与人交往，它们构成了生活的主要内容。做事情，包括为谋生需要而做的，即所谓本职业务，也包括出于兴趣、爱好、志向、野心、使命感等等而做的，即所谓事业。与人交往，包括同事、邻里、朋友关系以及一般所谓的公共关系，也包括由性和血缘所联结的爱情、婚姻、家庭等关系。这两者都是人的看得见的行为，并且都有一个是否成功的问题，而其成功与否也都是看得见的。如果你在这两方面都顺利，譬如说，一方面事业兴旺，功成名就，另一方面婚姻美满，朋友众多，就可以说你在社会上是成功的，甚至可以说你的生活是幸福的。在别人眼里，你便是一个令人羡慕的幸运儿。如果相反，你在自己和别人心目中就都会是一个倒霉蛋。这么说来，做事和交人的成功似乎应该是衡量生活质量的主要标准了。

然而，在看得见的行为之外，还有一种看不见的东西，依我之见，那是比做事和交人更重要的，是人生第一重要的东西，这就是做人。当然，实际上做人并不是做事和交人之外的一个独立的行为，而是蕴涵在两者之中的，是透过做事和交人体现出来的一种总体的生活态度。

就做人与做事的关系来说，做人主要并不表现于做的什么事和做了多少事，例如是做学问还是做生意，学问或者生意做得多大，而是表现在做事的方式和态度上。一个人无论做学问还是做生意，无论做得大还是做得小，他做人都可能做得很好，也都可能做得很坏，关键就看他是怎么做事的。学界有些人很贬薄别人下海经商，而因为自己仍在做学问就摆出一副大义凛然的气势。其实呢，无论商人还是学者中都有君子，也都有小人，实在不可一概而论。有些所谓的学者，在学术上没有自己真正的追求和建树，一味赶时髦，抢风头，唯利是图，骨子里比一般商人更是一个市侩。

从一个人如何与人交往，尤能见出他的做人。这倒不在于人缘好不好，朋友多不多，各种人际关系是否和睦。人缘好可能是因为性格随和，也可能是因为做人圆滑，本身不能说明问题。在与人交往上，孔子最强调一个“信”字，我认为是对的。待人是否诚实无欺，最能反映一个人的人品是否光明磊落。一个人哪怕朋友遍天下，只要他对其中一个朋友有背信弃义的行径，我们就有充分的理由怀疑他是否真爱朋友，因为一旦他认为必要，他同样会背叛其他的朋友。“与朋友交而不信”，只能得逞一时之私欲，却是做人的大失败。

做事和交人是否顺利，包括地位、财产、名声方面的遭际，也包括爱情、婚姻、家庭方面的遭际，往往受制于外在的因素，非自己所能支配，所以不应该成为人生的主要目标。一个人当然不应该把非自己所能支配的东西当做人生的主要目标。一个人真正能支配的唯有对这一切外在遭际的态度，简言之，就是如何做人。人生在世最重要的事情不是幸福或不幸，而是不论幸福还是不幸都保持做人的正直和尊严。我确实认为，做人比事业和爱情都更重要。不管你在名利场和情场上多么春风得意，如果你做人失败了，你的人生就在总体上失败了。最重要的不是在世人心目中占据什么位置，和谁一起过日子，而是你自己究竟是一个什么样的人。

1996.9

梦并不虚幻

那是一个非常美丽的真实的故事——

在巴黎，有一个名叫夏米的老清洁工，他曾经替朋友抚育过一个小姑娘。为了给小姑娘解闷，他常常讲故事给她听，其中讲了一个金蔷薇的故事。他告诉她，金蔷薇能使人幸福。后来，这个名叫苏珊娜的小姑娘离开了他，并且长大了。有一天，他们偶然相遇。苏珊娜生活得并不幸福。她含泪说："要是有人送我一朵金蔷薇就好了。"从此以后，夏米就把每天在首饰坊里清扫到的灰尘搜集起来，从中筛选金粉，决心把它们打成一朵金蔷薇。金蔷薇打好了，可是，这时他听说，苏珊娜已经远走美国，不知去向。不久后，人们发现，夏米悄悄地死去了，在他的枕头下放着用皱巴巴的蓝色发带包扎的金蔷薇，散发出一股老鼠的气味。

送给苏珊娜一朵金蔷薇，这是夏米的一个梦想。使我们感到惋惜的是，他终于未能实现这个梦想。也许有人会说：早知如此，他就不必年复一年徒劳地筛选金粉了。可是，我倒觉得，即使夏米的梦想毫无结果，这寄托了他的善良和温情的梦想本身已经足够美好，给他单调的生活增添了一种意义，把他同那些没有任何梦想的普通清洁工区分开来了。

说到梦想，我发现和许多大人真是讲不通。他们总是这样提问题：梦想到底有什么用？在他们看来，一样东西，只要不能吃，不能穿，不能卖钱，就是没有用。他们比起一则童话故事里的小王子可差远了，这位小王子从一颗外星落在地球的一片沙漠上，感到渴了，寻找着一口水井。他一边寻找，一边觉得沙漠非常美丽，明白了一个道理："使沙漠显得美丽的，是它在什么地方藏着一口水井。"沙漠中的水井是看不见的，我们也许能找到，也许找不到。可是，正是对看不见的东西的梦想驱使我们去寻找，去追求，在看得见的事物里发现隐秘的意义，从而觉得我们周围的世界无比美丽。

其实，诗、童话、小说、音乐等等都是人类的梦想。印度诗人泰戈尔说得好："如果我小时候没有听过童话故事，没有读过《一千零一夜》和《鲁宾逊漂流记》，远处的河岸和对岸辽阔的田野景色就不会如此使我感动，世界对我就不会这样富有魅力。"英国诗人雪莱肯定也听到过人们指责诗歌没有用，他反驳说：诗才"有用"呢，因为它"创造了另一种存在，使我们成为一个新世界的居民"。的确，一个有梦想的人和一个没有梦想的人，他们是生活在完全不同的世界里的。如果你和那种没有梦想的人一起旅行，你一定会觉得乏味透顶。一轮明月当空，他们最多说月亮像一张烧饼，压根儿不会有“明月几时有，把酒问青天”的豪情。面对苍茫大海，他们只看到一大摊水，决不会像安徒生那样想到海的女儿，或像普希金那样想到渔夫和金鱼的故事。唉，有时我不免想，与只知做梦的人比，从来不做梦的人是更像白痴的。

1996.8

好梦何必成真

好梦成真——这是现在流行的一句祝词，人们以此互相慷慨地表达友善之意。每当听见这话，我就不禁思忖：好梦都能成真，都非要成真吗？

有两种不同的梦。

第一种梦，它的内容是实际的，譬如说，梦想升官发财，梦想娶一个倾国倾城的美人或嫁一个富甲天下的款哥，梦想得诺贝尔奖金，等等。对于这些梦，弗洛伊德的定义是适用的：梦是未实现的愿望的替代。未实现不等于不可能实现，世上的确有人升了官发了财，娶了美人或嫁了富翁，得了诺贝尔奖金。这种梦的价值取决于能否变成现实，如果不能，我们就说它是不切实际的梦想。

第二种梦，它的内容与实际无关，因而不能用能否变成现实来衡量它的价值。譬如说，陶渊明梦见桃花源，鲁迅梦见好的故事，但丁梦见天堂，或者作为普通人的我们梦见一片美丽的风景。这种梦不能实现也不需要实现，它的价值在其自身，做这样的梦本身就是享受，而记载了这类梦的《桃花源记》、《好的故事》、《神曲》本身便成了人类的精神财富。

所谓好梦成真往往是针对第一种梦发出的祝愿，我承认有其合理性。一则古代故事描绘了一个贫穷的樵夫，说他白天辛苦打柴，夜晚大做其富贵梦，奇异的是每晚的梦像连续剧一样向前推进，最后好像是当上了皇帝。这个樵夫因此过得十分快活，他的理由是：倘若把夜晚的梦当成现实，把白天的现实当成梦，他岂不就是天下最幸福的人。这种自欺的逻辑遭到了当时人的哄笑，我相信我们今天的人也多半会加入哄笑的行列。

可是，说到第二种梦，情形就很不同了。我想把这种梦的范围和含义扩大一些，举凡组成一个人的心灵生活的东西，包括生命的感悟，艺术的体验，哲学的沉思，宗教的信仰，都可归入其中。这样的梦永远不会变成看得见摸得着的直接现实，在此意义上不可能成真。但也不必在此意义上成真，因为它们有着与第一种梦完全不同的实现方式，不妨说，它们的存在本身就已经构成了一种内在的现实，这样的好梦本身就已经是一种真。对真的理解应该宽泛一些，你不能说只有外在的荣华富贵是真实的，内在的智慧教养是虚假的。一个内心生活丰富的人，与一个内心生活贫乏的人，他们是在实实在在的意义上过着截然不同的生活。

我把第一种梦称作物质的梦，把第二种梦称作精神的梦。不能说做第一种梦的人庸俗，但是，如果一个人只做物质的梦，从不做精神的梦，说他庸俗就不算冤枉。如果整个人类只梦见黄金而从不梦见天堂，则即使梦想成真，也只是生活在铺满金子的地狱里而已。

2000.11

独处的充实

怎么判断一个人究竟有没有他的“自我”呢？我可以提出一个检验的方法，就是看他能不能独处。当你自己一个人呆着时，你是感到百无聊赖，难以忍受呢，还是感到一种宁静、充实和满足？

对于有“自我”的人来说，独处是人生中的美好时刻和美好体验，虽则有些寂寞，寂寞中却又有一种充实。独处是灵魂生长的必要空间。在独处时，我们从别人和事务中抽身出来，回到了自己。这时候，我们独自面对自己和上帝，开始了与自己的心灵以及与宇宙中的神秘力量的对话。一切严格意义上的灵魂生活都是在独处时展开的。和别人一起谈古说今，引经据典，那是闲聊和讨论；唯有自己沉浸于古往今来大师们的杰作之时，才会有真正的心灵感悟。和别人一起游山玩水，那只是旅游；唯有自己独自面对苍茫的群山和大海之时，才会真正感受到与大自然的沟通。所以，一切注重灵魂生活的人对于卢梭的这话都会发生同感：“我独处时从来不感到厌烦，闲聊才是我一辈子忍受不了的事情。”这种对于独处的爱好与一个人的性格完全无关，爱好独处的人同样可能是一个性格活泼、喜欢朋友的人，只是无论他怎么乐于与别人交往，独处始终是他生活中的必需。在他看来，一种缺乏交往的生活当然是一种缺陷，一种缺乏独处的生活则简直是一种灾难了。

当然，人是一种社会性的动物，他需要与他的同类交往，需要爱和被爱，否则就无法生存。世上没有一个人能够忍受绝对的孤独。但是，绝对不能忍受孤独的人却是一个灵魂空虚的人。世上正有这样的一些人，他们最怕的就是独处，让他们和自己呆一会儿，对于他们简直是一种酷刑。只要闲了下来，他们就必须找个地方去消遣，什么卡拉OK舞厅啦，录像厅啦，电子娱乐厅啦，或者就找人聊天。自个儿呆在家里，他们必定会打开电视机，没完没了地看那些粗制滥造的节目。他们的日子表面上过得十分热闹，实际上他们的内心极其空虚。他们所做的一切都是为了想方设法避免面对面看见自己。对此我只能有一个解释，就是连他们自己也感觉到了自己的贫乏，和这样贫乏的自己呆在一起是顶没有意思的，再无聊的消遣也比这有趣得多。这样做的结果是他们变得越来越贫乏，越来越没有了自己，形成了一个恶性循环。

独处的确是一个检验，用它可以测出一个人的灵魂的深度，测出一个人对自己的真正感觉，他是否厌烦自己。对于每一个人来说，不厌烦自己是一个起码要求。一个连自己也不爱的人，我敢断定他对于别人也是不会有多少价值的，他不可能有高质量的社会交往。他跑到别人那里去，对于别人只是一个打扰，一种侵犯。一切交往的质量都取决于交往者本身的质量。唯有在两个灵魂充实丰富的人之间，才可能有真正动人的爱情和友谊。我敢担保历史上和现实生活中找不出一个例子，能够驳倒我的这个论断，证明某一个浅薄之辈竟也会有此种美好的经历。

1996.8

安静的位置

对于各种热闹，诸如记者采访、电视亮相、大学讲座之类，我始终不能习惯，总是尽量推辞。有时盛情难却答应了，结果多半是后悔。人各有志，我不反对别人追求和享受所谓文化的社会效应，只是觉得这种热闹与我的天性太不合。我的性格决定我不能做一个公众人物。做公众人物一要自信，相信自己真是一个人物，二要有表演欲，一到台上就来情绪。我偏偏既自卑又怯场，面对摄像机和麦克风没有一次不感到是在受难。因此我想，万事不可勉强，就让我顺应天性过我的安静日子吧。如果确实有人喜欢我的书，他们喜欢的也一定不是这种表面的热闹，就让我们的心灵在各自的安静中相遇吧。

世上从来不缺少热闹，因为一旦缺少，便必定会有不甘心的人去把它制造出来。不过，大约只是到了今日的商业时代，文化似乎才必须成为一种热闹，不热闹就不成其为文化。譬如说，从前，一个人不爱读书就老老实实不读，如果爱读，必是自己来选择要读的书籍，在选择中贯彻了他的个性乃至怪癖。现在，媒体担起了指导公众读书的职责，畅销书推出一轮又一轮，书目不断在变，不变的是全国热心读者同一时期仿佛全在读相同的书。与此相映成趣的是，这些年来，学界总有一两个当红的热门话题，话题不断在变，不变的是不同学科的学者同一时期仿佛全在研究相同的课题。我不怀疑仍有认真的研究者，但更多的却只是凭着新闻记者式的嗅觉和喉咙，用以代替学者的眼光和头脑，正是他们的起哄把任何学术问题都变成了热门话题，亦即变成了过眼烟云的新闻。

在这个热闹的世界上，我尝自问：我的位置究竟在哪里？我不属于任何主流的、非主流的和反主流的圈子。我也不是现在有些人很喜欢标榜的所谓另类，因为这个名称也太热闹，使我想起了集市上的叫卖声。那么，我根本不属于这个热闹的世界吗？可是，我绝不是一个出世者。对此我只能这样解释：不管世界多么热闹，热闹永远只占据世界的一小部分，热闹之外的世界无边无际，那里有着我的位置，一个安静的位置。这就好像在海边，有人弄潮，有人嬉水，有人拾贝壳，有人聚在一起高谈阔论，而我不妨找一个安静的角落独自坐着。是的，一个角落——在无边无际的大海边，哪里找不到这样一个角落呢——但我看到的却是整个大海，也许比那些热闹地聚玩的人看得更加完整。

在一个安静的位置上，去看世界的热闹，去看热闹背后的无限广袤的世界，这也许是最适合我的性情的一种活法吧。

1999.1

丰富的安静

我发现，世界越来越喧闹，而我的日子越来越安静了。我喜欢过安静的日子。

当然，安静不是静止，不是封闭，如井中的死水。曾经有一个时代，广大的世界对于我们只是一个无法证实的传说，我们每一个人都被锁定在一个狭小的角落里，如同螺丝钉被拧在一个不变的位置上。那时候，我刚离开学校，被分配到一个边远山区，生活平静而又单调。日子仿佛停止了，不像是一条河，更像是一口井。

后来，时代突然改变，人们的日子如同解冻的江河，又在阳光下的大地上纵横交错了。我也像是一条积压了太多能量的河，生命的浪潮在我的河床里奔腾起伏，把我的成年岁月变成了一道动荡不宁的急流。

而现在，我又重归于平静了。不过，这是跌宕之后的平静。在经历了许多冲撞和曲折之后，我的生命之河仿佛终于来到一处开阔的谷地，汇蓄成了一片浩淼的湖泊。我曾经流连于阿尔卑斯山麓的湖畔，看雪山、白云和森林的倒影伸展在蔚蓝的神秘之中。我知道，湖中的水仍在流转，是湖的深邃才使得湖面寂静如镜。

我的日子真的很安静。每天，我在家里读书和写作，外面各种热闹的圈子和聚会都和我无关。我和妻子女儿一起品尝着普通的人间亲情，外面各种寻欢作乐的场所和玩意也都和我无关。我对这样过日子很满意，因为我的心境也是安静的。

也许，每一个人在生命中的某个阶段是需要某种热闹的。那时候，饱胀的生命力需要向外奔突，去为自己寻找一条河道，确定一个流向。但是，一个人不能永远停留在这个阶段。托尔斯泰如此自述："随着年岁增长，我的生命越来越精神化了。"人们或许会把这解释为衰老的征兆，但是，我清楚地知道，即使在老年时，托尔斯泰也比所有的同龄人甚至比许多年轻人更充满生命力。毋宁说，唯有强大的生命才能逐步朝精神化的方向发展。

现在我觉得，人生最好的境界是丰富的安静。安静，是因为摆脱了外界虚名浮利的诱惑。丰富，是因为拥有了内在精神世界的宝藏。泰戈尔曾说：外在世界的运动无穷无尽，证明了其中没有我们可以达到的目标，目标只能在别处，即在精神的内在世界里。"在那里，我们最为深切地渴望的，乃是在成就之上的安宁。在那里，我们遇见我们的上帝。"他接着说明："上帝就是灵魂里永远在休息的情爱。”他所说的情爱应是广义的，指创造的成就，精神的富有，博大的爱心，而这一切都超越于俗世的争斗，处在永久和平之中。这种境界，正是丰富的安静之极致。

我并不完全排斥热闹，热闹也可以是有内容的。但是，热闹总归是外部活动的特征，而任何外部活动倘若没有一种精神追求为其动力，没有一种精神价值为其目标，那么，不管表面上多么轰轰烈烈，有声有色，本质上必定是贫乏和空虚的。我对一切太喧嚣的事业和一切太张扬的感情都心存怀疑，它们总是使我想起莎士比亚对生命的嘲讽：“充满了声音和狂热，里面空无一物。”

2002.6

闲适：享受生命本身

一

人生有许多出于自然的享受，例如爱情、友谊、欣赏大自然、艺术创造等等，其快乐远非虚名浮利可比，而享受它们也并不需要太多的物质条件。我把这类享受称作对生命本身的享受。

二

愈是自然的东西，就愈是属于我的生命的本质，愈能牵动我的至深的情感。例如，女人和孩子。

现代人享受的花样愈来愈多了。但是，我深信人世间最甜美的享受始终是那些最古老的享受。

三

有钱又有闲当然幸运，倘不能，退而求其次，我宁做有闲的穷人，不做有钱的忙人。我爱闲适胜于爱金钱。金钱终究是身外之物，闲适却使我感到自己是生命的主人。

有人说："有钱可以买时间。"这话当然不错。但是，如果大前提是"时间就是金钱"，买得的时间又追加为获取更多金钱的资本，则一生劳碌便永无终时。

所以，应当改变大前提：时间不仅是金钱，更是生命，而生命的价值是金钱无法衡量的。

四

人们不妨赞美清贫，却不可讴歌贫困。人生的种种享受是需要好的心境的，而贫困会剥夺好的心境，足以扼杀生命的大部分乐趣。

金钱的好处便是使人免于贫困。

但是，在提供积极的享受方面，金钱的作用极其有限。人生最美好的享受，包括创造、沉思、艺术欣赏、爱情、亲情等等，都非金钱所能买到。原因很简单，所有这类享受皆依赖于心灵的能力，而心灵的能力是与钱包的鼓瘪毫不相干的。

五

金钱，消费，享受，生活质量——当我把这些相关的词排列起来时，我忽然发现它们好像有一种递减关系：金钱与消费的联系最为紧密，与享受的联系要弱一些，与生活质量的联系就更弱。因为至少，享受不限于消费，还包括创造，生活质量不只看享受，还要看承受苦难的勇气。在现代社会里，金钱的力量当然是有目共睹的，但是这种力量肯定没有大到足以修改我们对生活的基本理解。

六

生活质量的要素：一创造；二享受；三体验。

七

只有一次的生命是人生最宝贵的财富，但许多人宁愿用它来换取那些次宝贵或不甚宝贵的财富，把全部生命耗费在学问、名声、权力或金钱的积聚上。他们临终时当如此悔叹："我只是使用了生命，而不曾享受生命！"

八

一个人可以凭聪明、勤劳和运气挣许多钱，但如何花掉这些钱却要靠智慧了。

如何花钱比如何挣钱更能见出一个人的品位高下。

九

在五光十色的现代世界中，让我们记住一个古老的真理：活得简单才能活得自由。

十

自古以来，一切贤哲都主张过一种简朴的生活，以便不为物役，保持精神的自由。

事实上，一个人为维持生存和健康所需要的物品并不多，超乎此的属于奢侈品。它们固然提供享受，但更强求服务，反而成了一种奴役。

现代人是活得愈来愈复杂了，结果得到许多享受，却并不幸福，拥有许多方便，却并不自由。

十一

一切奢侈品都给精神活动带来不便。

十二

耶和华在西奈山向摩西传十诫，其第四诫是：星期天必须休息，守为圣日。他甚至下令，凡星期天工作者格杀勿论。有一个人在星期天捡柴，他便吩咐摩西，让信徒们用石头把这人砸死了。

未免太残忍了。

不过，我们不妨把这看做寓言，其寓意是：闲暇和休息也是神圣的。

闲暇是生命的自由空间。只是劳作，没有闲暇，人会丧失性灵，忘掉人生之根本。这岂不就是渎神？所以，对于一个人人匆忙赚钱的时代，摩西第四诫是一个必要的警告。

当然，工作同样是神圣的。无所作为的懒汉和没头没脑的工作狂乃是远离神圣的两极。创造之后的休息，如同创世后第七日的上帝那样，这时我们最像一个神。

十三

天地悠悠，生命短促，一个人一生的确做不成多少事。明白了这一点，就可以善待自己，不必活得那么紧张匆忙了。但是，也正因为明白了这一点，就可以不抱野心，只为自己高兴而好好做成几件事了。

十四

没有空玩儿，没有空看看天空和大地，没有空看看自己的灵魂……

我的回答是：永远没有空——随时都有空。

十五

世上有味之事，包括诗，酒，哲学，爱情，往往无用。吟无用之诗，醉无用之酒，读无用之书，钟无用之情，终于成一无用之人，却因此活得有滋有味。

十六

光阴似箭，然而只是对于忙人才如此。日程表排得满满的，永远有做不完的事，这时便会觉得时间以逼人之势驱赶着自己，几乎没有喘息的工夫。

相反，倘若并不觉得有非做不可的事情，心静如止水，光阴也就停住了。永恒是一种从容的心境。

十七

健康是为了活得愉快，而不是为了活得长久。活得愉快在己，活得长久在天。而且，活得长久本身未必是愉快。

十八

夜里睡了一个好觉，早晨起来又遇到一个晴朗的日子，便会有一种格外轻松愉快的心情，好像自己变年轻了，而且会永远年轻下去。

超脱：与世俗保持距离

一

在大海边，在高山上，在大自然之中，远离人寰，方知一切世俗功利的渺小，包括“文章千秋事”和千秋的名声。

二

事情对人的影响是与距离成反比的，离得越近，就越能支配我们的心情。因此，减轻和摆脱其影响的办法就是寻找一个立足点，那个立足点可以使我们拉开与事情之间的距离。如果那个立足点仍在人世间，与事情拉开了一个有限的距离，我们便会获得一种明智的态度。如果那个立足点被安置在人世之外，与事情隔开了一个无限的距离，我们便会获得一种超脱的态度。

三

“距离说”对艺术家和哲学家是同样适用的。理解与欣赏一样，必须同对象保持相当的距离，然后才能观其大体。不在某种程度上超脱，就决不能对人生有深刻见解。

四

物质的、社会的、世俗的苦恼太多，人就无暇有存在的、哲学的、宗教的苦恼。日常生活中的琐屑限制太多，人就不易感觉到人生的大限制。我不知道这值得庆幸，还是值得哀怜。

五

人一看重机会，就难免被机会支配。

六

我已经厌倦那种永远深刻的灵魂，它是狭窄的无底洞，里面没有光亮，没有新鲜的空气，也没有玩笑和游戏。

博大的深刻不避肤浅。走出深刻，这也是一种超脱。

七

纷纷扰扰，全是身外事。我能够站在一定的距离外来看待我的遭遇了。我是我，遭遇是遭遇。惊浪拍岸，卷起千堆雪。可是，岸仍然是岸，它淡然观望着变幻不定的海洋。

八

当我们在诗和哲学的天地中悠游和寻求着的时候，偶尔会听见来自尘世的新闻：某某高升了，某某出名了，某某发财了……

你有什么感想？

我的朋友答道：各得其所。

九

“超越”一词用得愈来愈滥了。其实，按其本义，“超越”是指摆脱人类的根本局限性，达于永恒和绝对。可见，只有在宗教和艺术的幻想中，才可认真谈“超越”。在现实中，只能谈“超脱”，即彻悟人类的根本局限性，对暂时和相对的人生遭际保持心理距离。

十

我们总是以为，已经到手的东西便是属于自己的，一旦失去，就觉得蒙受了损失。其实，一切皆变，没有一样东西能真正占有。得到了一切的人，死时又交出一切。不如在一生中不断地得而复失，习以为常，也许能更为从容地面对死亡。

另一方面，对于一颗有接受力的心灵来说，没有一样东西会真正失去。

十一

我失去了的东西，不能再得到了。我还能得到一些东西，但迟早还会失去。我最后注定要无可挽救地失去我自己。既然如此，我为什么还要看重得与失呢？到手的一切，连同我的生命，我都可以拿它们来做试验，至多不过是早一点失去罢了。

十二

一切外在的欠缺或损失，包括名誉、地位、财产等等，只要不影响基本生存，实质上都不应该带来痛苦。如果痛苦，只是因为你在乎，愈在乎就愈痛苦。只要不在乎，就一根毫毛也伤不了。

十三

守财奴的快乐并非来自财产的使用价值，而是来自所有权。所有权带来的心理满足远远超过所有物本身提供的生理满足。一件一心盼望获得的东西，未必要真到手，哪怕它被放到月球上，只要宣布它属于我了，就会产生一种愚蠢的欢乐。

十四

大损失在人生中的教化作用：使人对小损失不再计较。

热爱生命

一

每个人都只有一个人生，她是一个对我们从一而终的女子。我们不妨尽自己的力量引导她，充实她，但是，不管她终于成个什么样子，我们好歹得爱她。

二

有无爱的欲望，能否感受生的乐趣，归根到底是一个内在的生命力的问题。

三

情欲是走向空灵的必由之路。本无情欲，只能空而不灵。

四

浮生若梦，何妨就当它是梦，尽兴地梦它一场？世事如云，何妨就当它是云，从容地观它千变？

五

最自然的事情是最神秘的，例如做爱和孕育。各民族的神话岂非都可以追溯到这个源头？

六

世上有谁的降生是必然的呢？即使在一个选定的时刻播种，究竟哪一颗种子被播下仍然全凭机遇。每想到造成我的那颗精子和那颗卵子相遇的机会几乎等于零，一旦错过，世上便根本不会有我，我就感到不可思议。始终使我惊奇不已的另一件事是，尽管孩子是某次做爱的产物，但是在原因和结果之间却没有丝毫共同之处。端详着孩子稚嫩的小脸蛋，没有哪一对父母会回想起交媾时的喘息声。我不得不设想，诞生必定有着更神圣的原因，它担保每一只生命小舟的航行具有某种命定的性质。

七

生命与生命之间互相吸引。我设想，在一个绝对荒芜、没有生命的星球上，一个活人即使看见一只苍蝇，或一只老虎，也会发生亲切之感的。

八

文化是生命的花朵。离开生命本原，文化不过是人造花束，中西文化之争不过是绢花与塑料花之争。

亲近自然

一

每年开春，仿佛无意中突然发现土中冒出了稚嫩的青草，树木抽出了小小的绿芽，那时候会有一种多么纯净的喜悦心情。记得小时候，在屋外的泥地里埋几粒黄豆或牵牛花籽，当看到小小的绿芽破土而出时，感觉到的也是这种心情。也许天下生命原是一家，也许我曾经是这么一棵树，一棵草，生命萌芽的欢欣越过漫长的进化系列，又在我的心里复苏了？

唉，人的心，进化的最高产物，世上最复杂的东西，在这小小的绿芽面前，才恢复了片刻的纯净。

二

现在，我们与土地的接触愈来愈少了。砖、水泥、钢铁、塑料和各种新型建筑材料把我们包围了起来。我们把自己关在宿舍或办公室的四壁之内。走在街上，我们同样被房屋、商店、建筑物和水泥路面包围着。我们总是活得那样匆忙，顾不上看看天空和土地。我们总是生活在眼前，忘掉了永恒和无限。我们已经不再懂得土地的痛苦和渴望，不再能欣赏土地的悲壮和美丽。

这熟悉的家，街道，城市，这熙熙攘攘的人群，有时候我会突然感到多么陌生，多么不真实。我思念被这一切覆盖着的永恒的土地，思念一切生命的原始的家乡。

三

人类曾经以地球的主人自居，对地球为所欲为，结果破坏了地球上的生态环境，并且自食其恶果。于是，人类开始反省自己的行为。

反省的第一个认识是，人不能用奴隶主对待奴隶的方式对待地球，人若肆意奴役和蹂躏地球，实际上是把自己变成了地球的敌人，必将遭到地球的报复，就像奴隶主遭到奴隶的报复一样。地球是人的家，人应该为了自己的长远利益管好这个家，做地球的好主人，不要做败家子。

在这一认识中，主人的地位未变，只是统治的方式开明了一些。然而，反省的深入正在形成更高的认识：人作为地球主人的地位真的不容置疑吗？与地球上别的生物相比，人真的拥有特权吗？一位现代生态学家说：

人类是作为绿色植物的客人生活在地球上的。若把这个说法加以扩展，我们便可以说，人是地球的客人。作为客人，我们在享受主人的款待时倒也不必羞愧，但同时我们应当懂得尊重和感谢主人。做一个有教养的客人，这可能是人对待自然的最恰当的态度吧。

四

土地是洁净的，它接纳一切自然的污物，包括动物的粪便和尸体，使之重归洁净。真正肮脏的是它不肯接纳的东西——人类的工业废物。

五

在灯红酒绿的都市里，觅得一粒柳芽，一朵野花，一刻清静，人会由衷地快乐。在杳无人烟的荒野上，发现一星灯火，一缕炊烟，一点人迹，人也会由衷地快乐。自然和文明，人皆需要，二者不可缺一。

六

每到重阳，古人就登高楼，望天涯，秋愁满怀。今人一年四季关在更高的高楼里，对季节毫无感觉，不知重阳为何物。

秋天到了。可是，哪里是“红叶天”、“黄花地”？在我们的世界里，甚至已经没有了天和地。我们已经自我放逐于自然和季节。

七

现代人只能从一杯新茶中品味春天的田野。

八

旅游业发展到哪里，就败坏了哪里的自然风景。

我寻找一个僻静的角落，却发现到处都是广告喇叭、商业性娱乐设施和凑热闹的人群。

九

久住城市，偶尔来到僻静的山谷湖畔，面对连绵起伏的山和浩淼无际的水，会感到一种解脱和自由。然而我想，倘若在此定居，与世隔绝，心境也许就会变化。尽管看到的还是同样的山水景物，所感到的却不是自由，而是限制了。

人及其产品把我和自然隔离开来了，这是一种寂寞。千古如斯的自然把我和历史隔离开来了，这是又一种寂寞。前者是生命本身的寂寞，后者是野心的寂寞。

那种两相权衡终于承受不了前一种寂寞的人，最后会选择归隐。现代人对两种寂寞都体味甚浅又都急于逃避，旅游业因之兴旺。

十

游览名胜，我往往记不住地名和典故。我为我的坏记性找到了一条好理由——

我是一个直接面对自然和生命的人。相对于自然，地理不过是细节。相对于生命，历史不过是细节。

爱自己

一

为别人对你的好感、承认、报偿做的事，如果别人不承认，便等于零。为自己的良心、才能、生命做的事，即使没有一个人承认，也丝毫无损。

我之所以宁愿靠自己的本事吃饭，其原因之一是为了省心省力，不必去经营我所不擅长的人际关系了。

二

一个人之所以不爱自己，甚至厌烦自己，是因为缺乏灵性即精神性。这样的人不够有灵性以自娱，于是感到无聊，希望在琐碎的日常劳作——所谓为他人生活——中忘掉这个空虚的自我。

三

自爱者才能爱人，富裕者才能馈赠。给人以生命欢乐的人，必是自己充满着生命欢乐的人。一个不爱自己的人，既不会是一个可爱的人，也不可能真正爱别人。他带着对自己的怨恨到别人那里去，就算他是去行善的吧，他的怨恨仍会在他的每一件善行里显露出来，加人以损伤。受惠于一个自怨自艾的人，还有比这更不舒服的事吗？

四

人与人之间有同情，有仁义，有爱。所以，世上有克己助人的慈悲和舍己救人的豪侠。但是，每一个人终究是一个生物学上和心理学上的个体，最切己的痛痒唯有自己能最真切地感知。在这个意义上，对于每一个人来说，他最关心的还是他自己，世上最关心他的也还是他自己。要别人比他自己更关心他，要别人比关心每人自己更关心他，都是违背作为个体的生物学和心理学本质的。结论是：每个人都应该自立。

五

一个人为了实现自我，必须先在非我的世界里漫游一番。但是，有许多人就迷失在这漫游途中了，沾沾自喜于他们在社会上的小小成功，不再想回到自我。成功使他们离他们的自我愈来愈远，终于成为随波逐流之辈。另有一类灵魂，时时为离家而不安，漫游愈久而思家愈切，唯有他们，无论成功失败，都能带着丰富的收获返回他们的自我。

六

我要为自己定一个原则：每天夜晚，每个周末，每年年底，只属于我自己。在这些时间里，我不做任何履约交差的事情，而只读我自己想读的书，只写我自己想写的东西。如果不想读不想写，我就什么也不做，宁肯闲着，也决不应付差事。差事是应付不完的，唯一的办法是人为地加以限制，确保自己的自由时间。

七

闲适和散漫都是从俗务中抽身出来的状态，心境却迥异。闲适者回到了自我，在自己的天地里流连徜徉，悠然自得，内心是宁静而澄澈的。散漫者找不到自我，只好依然在外物的世界里东抓西摸，无所适从，内心是烦乱而浑浊的。

八

我走在自己的路上了。成功与失败、幸福与苦难都已经降为非常次要的东西。最重要的东西是这条路本身。

九

他们一窝蜂挤在那条路上，互相竞争、推攘、阻挡、践踏。前面有什么？不知道。既然大家都朝前赶，肯定错不了。你悠然独行，不慌不忙，因为你走在自己的路上，它仅仅属于你，没有人同你争。

十

尽管世上有过无数片叶子，还会有无数片叶子，尽管一切叶子都终将凋落，我仍然要抽出自己的绿芽。

十一

此刻我心中涌现出一些多么生动的感觉，使我确信我活着——正是我，不是别人，这个我不会和别人混同。于是我想，在我的生命中还是有太多的空白，那时候感觉沉睡着，我浑浑噩噩，与芸芸众生没有什么两样。

十二

人人都在写自己的历史，但这历史缺乏细心的读者。我们没有工夫读自己的历史，即使读，也是读得何其草率。

论 独 处

一

托尔斯泰在谈到独处和交往的区别时说："你要使自己的理性适合整体，适合一切的源，而不是适合部分，不是适合人群。"说得好。

对于一个人来说，独处和交往均属必需。但是，独处更本质，因为在独处时，人是直接面对世界的整体，面对万物之源的。相反，在交往时，人却只是面对部分，面对过程的片断。人群聚集之处，只有凡人琐事，过眼烟云，没有上帝和永恒。

也许可以说，独处是时间性的，交往是空间性的。

二

每逢节日，独自在灯下，心中就有一种非常浓郁的寂寞，浓郁得无可排遣，自斟自饮生命的酒，别有一番酩酊。

人生作为过程总要逝去，似乎哪种活法都一个样。但就是不一样。我需要一种内在的沉静，可以以逸待劳地接收和整理一切外来印象。这样，我才觉得自己具有一种连续性和完整性。当我被过于纷繁的外部生活搅得不复安宁时，我就断裂了，破碎了，因而也就失去了吸收消化外来印象的能力。

世界是我的食物。人只用少量时间进食，大部分时间在消化。独处就是我消化世界。

三

活动和沉思，哪一种生活更好？

有时候，我渴望活动，漫游，交往，恋爱，冒险，成功。如果没有充分尝试生命的种种可能性就离开人世，未免太遗憾了。但是，我知道，我的天性更适合于过沉思的生活。我必须休养我的这颗自足的心灵，唯有带着这颗心灵去活动，我才心安理得并且确有收获。

如果没有好胃口，天天吃宴席有什么乐趣？如果没有好的感受力，频频周游世界有什么意思？反之，天天吃宴席的人怎么会有好胃口，频频周游世界的人怎么会有好的感受力？

心灵和胃一样，需要休息和复原。独处和沉思便是心灵的休养方式。当心灵因充分休息而饱满，又因久不活动而饥渴时，它就能最敏锐地品味新的印象。

所以，问题不在于两者择一。高质量的活动和高质量的宁静都需要，而后者实为前者的前提。

四

我天性不宜交际。在多数场合，我不是觉得对方乏味，就是害怕对方觉得我乏味。可是我既不愿忍受对方的乏味，也不愿费劲使自己显得有趣，那都太累了。我独处时最轻松，因为我不觉得自己乏味，即使乏味，也自己承受，不累及他人，无需感到不安。

五

这么好的夜晚，宁静，孤独，精力充沛，无论做什么，都觉得可惜了，糟蹋了。我什么也不做，只是坐在灯前，吸着烟……

我从我的真朋友和假朋友那里抽身出来，回到了我自己。只有我自己。这样的时候是非常好的。没有爱，没有怨，没有激动，没有烦恼，可是依然强烈地感觉到自己的生存，感到充实。这样的感觉是非常好的。

一个夜晚就这么过去了。可是我仍然不想睡觉。这是这样的一种时候，什么也不想做，包括睡觉。

六

有的人只有在沸腾的交往中才能辨认他的自我。有的人却只有在宁静的独处中才能辨认他的自我。

七

没有自己独居的处所是多么可怕的事，一切都暴露无遗了。在群居中，人不得不掩饰和压抑自己的个性。在别人目光的注视下，谁还能坐在那里恬然沉思，捕捉和记录自己的细微感受。住宅危机导致了诗和哲学的生态危机。

第四辑　时尚考察

智者是不会有失落感的。领袖无民众不成其领袖，导师无弟子不成其导师，可是，对于智者来说，只要他守护着人类最基本的精神价值，即使天下无一人听他，他仍然是一个智者。

困惑与坦然

我承认我感到困惑，不明白这世界今天是怎么回事，明天又会变成什么样子。那个修车的老头花二十分钟就赚走了我半日薪水，一个月收入等于我一年工资，难怪他唠叨着："涨价有什么不好？没涨价我吃贴饼子棒面粥，涨了价我吃大鱼大肉。别说西瓜一元五一斤，三元一斤我也照吃！"我骑着车想，这不算什么，当年莫吉里扬尼不也是用他那无价的画稿去向摆小摊的老婆子乞换一块面包，才得免于饿死？

崔健的歌唱道："不是我不明白，这世界变化快。"一位画家朋友对我说："如今不是凡·高的时代了，生前出不了名的，死后也出不了名，世人早已把你忘记。"现代生活的确像一条匆忙蹭程的急流，谁都被这条急流裹着向前，不复有宁静的沉思，闲适的享受，潜心的精神创造。德尔斐神庙的神谕"认识你自己"已被新的时髦箴言取代："时间就是金钱！"除了赚钱，人们不知拿时间做什么用。难道现代人有真正赏心悦目的娱乐吗？我常常叹息：旅游业不知败坏了多少风景，电视机不知培养了多少白痴！

在西方，“寻求灵魂的现代人”已是一个典型形象。人的肉体曾经与土地血肉相连，技术文明把它们隔离了开来。人的灵魂曾经有神话或宗教作为家园，科学理性把它从中放逐了出来。汽车、电视、旅游和性成为现代西方人的主要消费对象，但这一切并不能填补精神的空虚。所以愈是现代性的思想家，其实愈浸透着一股“发思古之幽情”的感伤。他们或向往古希腊的审美国度，或怀念中世纪的牧歌生涯，或羡慕东方式的宗法情趣。透过不同的表达方式，我们可以听到同样的呼声——对性灵生活的呼唤。

有人曾同我争论：中国的当务之急是建设现代物质文明，然后才谈得上疗治文明的弊病。我只能怯生生地问道：难道几代人的灵魂寻求是无足轻重的吗？我承认我不是理直气壮，因为我能感觉到时代的两难困境：野蛮的符咒尚未挣脱，文明的压抑接踵而至。一方面，权贵贪欲的膨胀使得腐败丛生。另一方面，金钱力量的崛起导致精神平庸。鉴于前者，仁人志士戮力于改革、开放和振兴之举。面对后者，哲人贤士呼唤着性灵、爱心和净化之道。文明与野蛮的决战犹未见分晓，超越与沉沦的对峙已拉开序幕。积弊时弊并存，近忧远虑交集。此时此刻，治国者固然身临千钧一发的险关，运思者何尝不是肩负莫衷一是的难题？

也许，为了文明征服野蛮，性灵只好承受技术的压抑。为了金钱战胜权力，精神只好经历市场的沉沦。怕只怕文明与野蛮握手言欢，金钱与权力狼狈为奸，那才真正是民族的灾难。物质上的贫富悬殊已经有目共睹，精神上何尝不也发生着两极分化？好在一个人只要耐得贫困，自甘寂寞，总还可以为灵魂守一块家园，不致在这纷纷扰扰的世界上流离失所。认清贫困和寂寞乃是心灵高贵者在这个时代的命运，困惑中倒也生出了一些坦然。

1988.6

在义与利之外

“君子喻以义，小人喻以利。”中国人的人生哲学总是围绕着义利二字打转。可是，假如我既不是君子，也不是小人呢？

曾经有过一个人皆君子言必称义的时代，当时或许有过大义灭利的真君子，但更常见的是借义逐利的伪君子和假义真情的迂君子。那个时代过去了。曾几何时，世风剧变，义的信誉一落千丈，真君子销声匿迹，伪君子真相毕露，迂君子豁然开窍，都一窝蜂奔利而去。据说观念更新，义利之辨有了新解，原来利并非小人的专利，倒是做人的天经地义。

“时间就是金钱！”这是当今一句时髦口号。企业家以之鞭策生产，本无可非议。但世人把它奉为指导人生的座右铭，用商业精神取代人生智慧，结果就变自己的人生成了一种企业，使人际关系成了一个市场。

我曾经嘲笑廉价的人情味，如今，连人情味也变得昂贵而罕见了。试问，不花钱你可能买到一个微笑、一句问候、一丁点儿恻隐之心？

不过，无须怀旧。想靠形形色色的义的说教来匡正时弊，拯救世风人心，事实上无济于事。在义利之外，还有别样的人生态度。在君子小人之外，还有别样的人格。套孔子的句式，不妨说："至人喻以情。"

义和利，貌似相反，实则相通。"义"要求人献身抽象的社会实体，"利"驱使人投身世俗的物质利益，两者都无视人的心灵生活，遮蔽了人的真正的"自我"。"义"教人奉献，"利"诱人占有，前者把人生变成一次义务的履行，后者把人生变成一场权利的争夺，殊不知人生的真价值是超乎义务和权利之外的。义和利都脱不开计较，所以，无论义师讨伐叛臣，还是利欲支配众生，人与人之间的关系总是紧张。

如果说"义"代表一种伦理的人生态度，"利"代表一种功利的人生态度，那么，我所说的"情"便代表一种审美的人生态度。它主张率性而行，适情而止，每个人都保持自己的真性情。你不是你所信奉的教义，也不是你所占有的物品，你之为你仅在于你的真实"自我"。生命的意义不在奉献或占有，而在创造，创造就是人的真性情的积极展开，是人在实现其本质力量时所获得的情感上的满足。创造不同于奉献，奉献只是完成外在的责任，创造却是实现真实的"自我"。至于创造和占有，其差别更是一目了然，譬如写作，占有注重的是作品所带来的名利地位，创造注重的只是创作本身的快乐。有真性情的人，与人相处唯求情感的沟通，与物相触独钟情趣的品味。更为可贵的是，在世人匆忙逐利又为利所逐的时代，他接人待物有一种闲适之情。我不是指中国士大夫式的闲情逸致，也不是指小农式的知足保守，而是指一种不为利驱、不为物役的淡泊的生活情怀。仍以写作为例，我想不通，一个人何必要著作等身呢？倘想流芳千古，一首不朽的小诗足矣。倘无此奢求，则只要活得自在即可，写作也不过是这活得自在的一种方式罢了。

王尔德说："人生有两大悲剧，一是没有得到你心爱的东西，另一是得到了你心爱的东西。"我曾经深以为然，并且佩服他把人生的可悲境遇表述得如此轻松俏皮。但仔细玩味，发现这话的立足点仍是占有，所以才会有占有欲未得满足的痛苦和已得满足的无聊这双重悲剧。如果把立足点移到创造上，以审美的眼光看人生，我们岂不可以反其意而说：人生有两大快乐，一是没有得到你心爱的东西，于是你可以去寻求和创造；另一是得到了你心爱的东西，于是你可以去品味和体验？当然，人生总有其不可消除的痛苦，而重情轻利的人所体味到的辛酸悲哀，更为逐利之辈所梦想不到。但是，摆脱了占有欲，至少可以使人免除许多琐屑的烦恼和渺小的痛苦，活得有气度些。我无意以审美之情为救世良策，而只是表达了一个信念：在义与利之外，还有一种更值得一过的人生。这个信念将支撑我度过未来吉凶难卜的岁月。

1988.8

消费＝享受？

我讨厌形形色色的苦行主义。人活一世，生老病死，苦难够多的了，在能享受时凭什么不享受？享受实在是人生的天经地义。蒙田甚至把善于享受人生称作“至高至圣的美德”，据他说，恺撒、亚历山大都是视享受生活乐趣为自己的正常活动，而把他们叱咤风云的战争生涯看做非正常活动的。

然而，怎样才算真正享受人生呢？对此就不免见仁见智了。依我看，我们时代的迷误之一是把消费当做享受，而其实两者完全不是一回事。我并不想介入高消费能否促进繁荣的争论，因为那是经济学家的事，和人生哲学无关。我也无意反对汽车、别墅、高档家具、四星级饭店、KTV包房等等，只想指出这一切仅属于消费范畴，而奢华的消费并非享受的必要条件，更非充分条件。

当然，消费和享受不是绝对互相排斥的，有时两者会发生重合。但是，它们之间的区别又是显而易见的。例如，纯粹泄欲的色情活动只是性消费，灵肉与共的爱情才是性的真享受；走马看花式的游览景点只是旅游消费，陶然于山水之间才是大自然的真享受；用电视、报刊、书籍解闷只是文化消费，启迪心智的读书和艺术欣赏才是文化的真享受。要而言之，真正的享受必是有心灵参与的，其中必定包含了所谓“灵魂的愉悦和升华”的因素。否则，花钱再多，也只能叫做消费。享受和消费的不同，正相当于创造和生产的不同。创造和享受属于精神生活的范畴，就像生产和消费属于物质生活的范畴一样。

以为消费的数量会和享受的质量成正比，实在是一种糊涂看法。苏格拉底看遍雅典街头的货摊，惊叹道：“这里有多少我不需要的东西呵！”每个稍有悟性的读者读到这个故事，都不禁要会心一笑。塞涅卡说得好：“许多东西，仅当我们没有它们也能对付时，我们才发现它们原来是多么不必要的东西。我们过去一直使用着它们，这并不是因为我们需要它们，而是因为我们拥有它们。”另一方面呢，正因为我们拥有了太多的花钱买来的东西，便忽略了不用花钱买的享受。“清风朗月不用一钱买”，可是每天夜晚守在电视机前的我们哪里还想得起它们？“何处无月，何处无竹柏，但少闲人如吾两人者耳。”在人人忙于赚钱和花钱的今天，这样的闲人更是到哪里去寻？

那么，难道不存在纯粹肉体的、物质的享受了吗？不错，人有一个肉体，这个肉体也是很喜欢享受，为了享受也是很需要物质手段的。可是，仔细想一想，我们便会发现，人的肉体需要是有被它的生理构造所决定的极限的，因而由这种需要的满足而获得的纯粹肉体性质的快感差不多是千古不变的，无非是食色温饱健康之类。殷纣王“以酒为池，悬肉为林”，但他自己只有一只普通的胃。秦始皇筑阿房宫，“东西五百步，南北五十丈”，但他自己只有五尺之躯。多么热烈的美食家，他的朵颐之快也必须有间歇，否则会消化不良。多么勤奋的登徒子，他的床笫之乐也必须有节制，否则会肾虚。每一种生理欲望都是会餍足的，并且严格地遵循着过犹不足的法则。山珍海味，挥金如土，更多的是摆阔气。藏娇纳妾，美女如云，更多的是图虚荣。万贯家财带来的最大快乐并非直接的物质享受，而是守财奴清点财产时的那份欣喜，败家子挥霍财产时的那份痛快。凡此种种，都已经超出生理满足的范围了，但称它们为精神享受未免肉麻，它们至多只是一种心理满足罢了。

我相信人必定是有灵魂的，而灵魂与感觉、思维、情绪、意志之类的心理现象必定属于不同的层次。灵魂是人的精神“自我”的栖居地，所寻求的是真挚的爱和坚实的信仰，关注的是生命意义的实现。幸福只是灵魂的事，它是爱心的充实，是一种活得有意义的鲜明感受。肉体只会有快感，不会有幸福感。奢侈的生活方式给人带来的至多是一种浅薄的优越感，也谈不上幸福感。当一个享尽人间荣华富贵的幸运儿仍然为生活的空虚苦恼时，他听到的正是他的灵魂的叹息。

1995.1

奢侈品的不便

在巴黎时，友人送我一本精美的活页记事本，真皮封面，内芯是 1996 年度的记事页，纸质极佳，每日一页。他是为了祝贺我的生日，特地花了一百多法郎买来送我的。我很感谢他的这份礼物，却不知拿它作什么用。每到新年在望，我都会得到类似的年度记事本，当然远不如这本巴黎产的精美，但也一律使我感到华而不实，派不上用场。用来记事吗？我的日子过得很简单，不像商人、政客、明星，有那么多的事务和约会，需要精确地安排日程，详尽地记录备忘。用来写日记吗？可是，我并非每天都有值得一写的经历的，有时候又会心潮澎湃一泻千里，怎么能削足适履，按照每日一页的篇幅来分配我的生活和思想呢？所以，结果是，若干年下来，积压了好些这类废弃不用的空白记事本，成了一堆彻底无用的垃圾。

还有那些漂亮的书签，据说是专供夹在读到一半的书里，作标签用的。然而，我虽然也有一些这样的书签，却从来想不到用它们。不，我宁可用随手抓到的小纸片，其标签的功能丝毫不亚于世上最豪华的书签，而且我在读书时可以在上面随意写点什么，也可以随意将它们丢弃。

诸如收藏精美的稿笺、信笺、笔记本、藏书票之类，就像收藏邮票、古币一样，不失为一种雅好，但是肯定和真正的精神创造活动无关。依我之见，一切奢侈品都会给精神活动带来不便。翻一翻文学史和艺术史，多少流传千古的文字和乐曲，一开始只是写在不起眼的纸片上的。灵感袭来之时，但求一吐为快，绝不讲究承载物的质地。当内容是妙手偶得的时候，承载它的物质材料就当然是信手拈来的了。唯其信手拈来，所以心态是自由无碍的。

推而广之，我相信物质上的简朴乃是精神上的自由的一个必要条件。譬如说，我最不爱穿西服，就因为西服使我感到非常不自由。在我看来，穿前那熨烫的功夫，对褶缝的讲究，领带花式的配备，穿时那保养的功夫，对礼仪的讲究，举手投足的谨慎，都是对我的自由的粗暴剥夺。所以，我平生几乎不曾穿过西服，出国时也是一套不带，穿一身夹克和牛仔裤漫游欧洲，随地坐卧，那多自在。

那么，现在我使用电脑写作，岂非违背了我的上述信念？是的，在享受电脑所提供的种种便利的同时，我确实感觉到了它的诸多不便。例如，当我脑中闪过突然的感想时，倘若要去打开电脑把它们写下来，实在是不胜其烦的事情。正因为如此，在我的案头、床头依然放着许多小纸片，它们在我的精神生活中继续发挥着电脑永远无法代替的作用。

1996.2

旅+游=旅游？

一 旅+游=旅游？

从前，一个“旅”字，一个“游”字，总是单独使用，凝聚着离家的悲愁。“山晓旅人去，天高秋气悲”。“浮云蔽白日，游子不顾反”。孑然一身，隐入苍茫自然，真有说不出的凄凉。另一方面，庄子“游于壕梁之上”，李白“一生好入名山游”，“游”字又给人一种逍遥自在的感觉。

也许，这两种体验的交织，正是人生羁旅的真实境遇。我们远离了家、亲人、公务和日常所习惯的一切，置身于陌生的事物之中，感到若有所失。这“所失”使我们怅然，但同时使我们获得一种解脱之感，因为我们发现，原来那失去的一切非我们所必需，过去我们固守着它们，反倒失去了更可贵的东西。在与大自然的交融中，那狭隘的乡恋被净化了。羁旅和漫游深化了我们对人生的体悟：我们无家可归，但我们有永恒的归宿。

不知从什么时候起，“旅”“游”二字合到了一起。于是，现代人不再悲愁，也不再逍遥，而只是安心又仓促地完成着他们繁忙事务中的一项——“旅游”。

那么，请允许我说：我是旅人，是游子，但我不是“旅游者”。

二　现代旅游业

旅游业是现代商业文明的产物。在这个“全民皆商”、涨价成风的年头，也许我无权独独抱怨旅游也纳入了商业轨道，成了最昂贵的消费之一。可悲的是，人们花了钱仍得不到真正的享受。

平时匆忙赚钱，积够了钱，旅游去！可是，普天下的旅游场所，哪里不充斥着招揽顾客的吆喝声、假冒险的娱乐设施、凑热闹的人群？可怜在一片嘈杂中花光了钱，拖着疲惫的身子回家，又重新投入匆忙的赚钱活动。

一切意义都寓于过程。然而，现代文明是急功近利的文明，只求结果，藐视过程。人们手捧旅游图，肩挎照相机，按图索骥，专找图上标明的去处，在某某峰、某某亭“咔嚓”几下，留下“到此一游”的证据，便心满意足地离去。

每当我看到举着小旗、成群结队、掐着钟点的团体旅游，便生愚不可及之感。现代人已经没有足够的灵性独自面对自然。在人与人的挤压中，自然消隐不见了。

是的，我们有了旅游业。可是，恬静的陶醉在哪里？真正的精神愉悦在哪里？与大自然的交融在哪里？

三 名人与名胜

赫赫有名者未必优秀，默默无闻者未必拙劣。人如此，自然景观也如此。人怕出名，风景也怕出名。人一出名，就不再属于自己，慕名者络绎来访，使他失去了宁静的心境以及和二三知友相对而坐的情趣。风景一出名，也就沦入凡尘，游人云集，使它失去了宁静的环境以及被真正知音赏玩的欣慰。

当世人纷纷拥向名人和名胜之时，我独爱潜入陋巷僻壤，去寻访不知名的人物和景观。

1988.10

名人和明星

我们这个时代似乎是一个盛产名人的时代。这当然要归功于传媒的发达，尤其是电视的普及，使得随便哪个人的名字和面孔很容易让公众熟悉。风气所染，从前在寒窗下苦读的书生们终于也按捺不住，纷纷破窗而出。人们仿佛已经羞于默默无闻，争相吸引传媒的注意，以增大知名度为荣。古希腊晚期的一位喜剧家在缅怀早期的七智者时曾说："从前世界上只有七个智者，而如今要找七个自认不是智者的人也不容易了。"现在我们可以说：从前几十年才出一个文化名人，而如今要在文化界找一个自认不是名人的人也不容易了。

一个人不拘通过什么方式或因为什么原因出了名，他便可以被称作名人，这好像也没有大错。不过，我总觉得应该在名人和新闻人物之间做一区分。譬如说，挂着主编的头衔剽窃别人的成果，以批评的名义诽谤有成就的作家，这类行径固然可以使自己成为新闻人物，但若因此便以著名学者或著名批评家自居，到处赴宴会、出风头，就未免滑稽。当然，新闻人物并非贬称，也有光彩的新闻人物，一个恰当的名称叫做明星。在我的概念中，名人是写出了名著或者立下了别的卓越功绩因而在青史留名的人，判断的权力在历史，明星则是在公众面前频频露面因而为公众所熟悉的人，判断的权力在公众，这是两者的界限。明晰了这个界限，我们就不至于犯那种把明星写的书当做名著的可笑错误了。

不过，应当承认，做明星是一件很有诱惑力的事情。诚如杜甫所说："千秋万岁名，寂寞身后事。"做明星却能够现世兑现，活着时就名利双收，写出的书虽非名著（何必是名著！）但一定畅销。于是我们就不难理解，为何许多学者身份的人现在热衷于在电视屏幕上亮相。学者通过做电视明星而成为著名学者，与电视明星通过写书而成为畅销作家，乃是我们时代两个相辅相成的有趣现象。人物走红与商品走俏遵循着同样的机制，都依靠重复来强化公众的直观印象从而占领市场，在这方面电视无疑是一条捷径。每天晚上有几亿人守在电视机前，电视的力量当然不可低估。据说这种通过电视推销自己的做法有了一个科学的名称，叫做"文化行为的社会有效性"。以有效为文化的目标，又以在公众面前的出现率为有效的手段和标准，这诚然是对文化的新理解。但是，我看不出被如此理解的文化与广告有何区别。我也想象不出，像托尔斯泰、卡夫卡这样的文化伟人，倘若成为电视明星——或者，考虑到他们的时代尚无电视，成为流行报刊的明星——会是什么样子。

我们姑且承认，凡有相当知名度的人均可称作名人。那么，最后我要说一说我在这方面的趣味。我的确感到，无论是见名人，尤其是名人意识强烈的名人，还是被人当做名人见，都是最不舒服的事情。在这两种情形下，我的自由都受到了威胁。我最好的朋友都是有才无闻的普通人。世上多徒有其名的名人，有没有名副其实的呢？没有，一个也没有。名声永远是走样的，它总是不合身，非宽即窄，而且永远那么花哨，真正的好人永远比他的名声质朴。

1997.1

都市里的外乡人

我出生在都市，并且在都市里度过了迄今为止的大部分岁月。可是，我常常觉得，我只是都市里的一个外乡人。我的活动范围极其有限，基本上是坐在家里读书和写作，每周去一趟单位，偶尔到朋友家里串一串门，或者和朋友们去郊外玩一玩。在偌大都市中，我最熟悉的仅是住宅附近的一两家普通商店，那已经足以应付我的基本生活需要了。其余的广大区域，尤其是使都市引以自豪的那许多豪华商场和高级娱乐场所，对于我不过是一种观念的存在，是一些我无暇去探究的现代迷宫。

近些年来，我到过别的一些城市。我惊奇地发现，所到之处，即使是从前很偏僻的地方，都正在迅速涌现一个个新的都市。然而，这些新的都市是何其雷同！古旧的小街和城墙被拆除了，取而代之的是环城公路和通衢大道。格局相似的豪华商场向每一个城市的中心胜利进军，成为每一个城市的新的标记。可是，这些标记丝毫不能显示城市的特色，相反却证明了城市的无名。事实上，当你徘徊在某一个城市的街头时，如果单凭眼前的景观，你的确无法判断自己究竟身在哪一个城市。甚至人们的消闲方式也在趋于一致，夜幕降临之后，延安城里不再闻秧歌之声，时髦的青年男女纷纷走进兰花花卡拉 OK 厅。

当然，都市化还可以有另一种模式。我到过欧洲的一些城市，例如世界大都会巴黎，那里在更新城市建筑的同时，把维护城市的历史风貌看得比一切都重要，几近于神圣不可侵犯。一个城市的建筑风格和民俗风情体现了这个城市的个性，它们源于这个城市的特殊的历史和文化传统。消灭了一个城市的个性，差不多就等于是消灭了这个城市的记忆。这样的城市无论多么繁华，对于它的客人都丧失了学习和欣赏的价值，对于它的主人也丧失了家的意义。其实，在一个失去了记忆的城市里，并不存在真正的主人，每一个居民都只是无家可归的外乡人而已。

就我的性情而言，我恐怕永远将是一个游离于都市生活的外乡人。不过，我无意反对都市化。我知道，虽然都市化会带来诸如人口密集、交通拥挤之类的弊端，但都市化本身毕竟是一个进步，它促进了经济和文化的繁荣。我只是希望都市化按照一种健康的方式进行。即使作为一个外乡人，我也是能够欣赏都市的美的。有时候，夜深人静之时，我独自漫步在灯火明灭的北京街头，望着被五光十色的聚光灯照亮的幢幢高楼，一种赞叹之情便会油然而生：在浩瀚宇宙的一个小小的角落，可爱的人类竟给自己造出了这么些精巧的玩具。我还庆幸于自己的发现：都市最美的时刻，是在白昼和夜生活的喧嚣都沉寂了下去的时候。

1998.1

怀念土地

按照《圣经》的传说，上帝是用泥土造出人类的始祖亚当的："上帝用地上的泥土造人，将生气吹在他的鼻孔里，他就成了有灵的活人，名叫亚当。"上帝还对亚当说："你本是泥土，仍要归于泥土。"在中国神话传说中，女娲也是用泥土造人的："女娲抟黄土作人。"这些相似的传说说明了一个深刻的道理：土地是人类的生命之源。

其实，不但人类的生命，而且人类的精神，都离不开土地。就说说真、善、美吧，人类精神所追求的这些美好的理想价值，也无不孕育于大地的怀抱。如果大地上不是万象纷呈，万物变易，我们怎会有求真理的兴趣和必要？如果大地本身不是坚实如恒，我们又怎会有求真理的可能和信心？如果不曾领略土地化育和接纳万物的宽阔胸怀，我们懂得什么善良、仁慈和坚忍？如果没有欣赏过大地上山川和落日的壮丽，倾听过树林里的寂静和风声，我们对美会有什么真切的感受？精神的理想如同头上的天空，而天空也是属于大地的，唯有在辽阔的大地上方才会有辽阔的天空。可以说，一个人拥有的天空是和他拥有的大地成正比的。长年累月关闭在窄屋里的人，大地和天空都不属于他，不可能具有开阔的视野和丰富的想象力。对于每天夜晚守在电视机前的现代人来说，头上的星空根本不存在，星空曾经给予先哲的伟大启示已经成为失落的遗产。

我们都会说人是大自然之子的道理，可惜的是，能够记起大自然母亲的面貌的人越来越少了。从生到死，我们都远离土地而生活，就像一群远离母亲的孤儿。到各地走走，你会发现到处都在兴建雷同的城镇，千篇一律的商厦和水泥马路取代了祖先们修筑的土墙和小街，田野和村庄正在迅速消失。甚至在极偏僻的地方，你也难觅宁静的自然之趣和淳朴的民风，迎接你的总是同样的卡拉 OK 的喧闹和假民俗的做作。最可悲的是我们的孩子，他们在这样一种与大自然完全隔绝的生活模式中成长，压根儿没有过同大自然亲近的经验和对土地的记忆，因而也很难在他们身上唤起对大自然的真正兴趣了。有一位作家写到，她曾带几个孩子到野外去看月亮和海，可是孩子们对月亮和海毫无兴趣，心里惦记着的是及时赶回家去，不要误了他们喜欢的一个电视节目。

我们切不可低估这一事实的严重后果。一棵植物必须在土里扎下根，才能健康地生长。人也是这样，只是在外表上不像植物那么明显，所以很容易被我们忽视。我相信，远离土地是必定要付出可怕的代价的。倘若这种对大自然的麻木不仁延续下去，人类就不可避免地要发生精神上的退化。在电视机前长大的新一代人，当然读不进荷马和莎士比亚。始终在人造产品的包围下生活，人们便不再懂得欣赏神和半神的创造，这有什么奇怪呢？在我看来，不管现代人怎样炫耀自己的技术和信息，倘若对自己生命的来源和基础浑浑噩噩，便是最大的蒙昧和无知。人类的聪明在于驯服自然，在广袤的自然世界中为自己开辟出一个令自己惬意的人造世界。可是，如果因此而沉溺在这个人造世界里，与广袤的自然世界断了联系，就真是聪明反被聪明误了。自然的疆域无限，终身自拘于狭小人工范围的生活毕竟是可怜的。

1996.10

小康胜大富

在物质生活上，我抱中庸的态度。我当然不喜欢贫穷，人穷志短，为衣食住行操心是很毁人的。但我也从不梦想大富大贵，内心里真的觉得，还是小康最好。

说这话也许有酸葡萄之嫌，那么我索性做一回狐狸，断言大富大贵这颗葡萄是酸的，不但是酸的，常常还是苦的，有时竟是有毒的。我的证据是许多争吃这颗葡萄的人，他们的日子过得并不快活，并且有一些人确实中毒身亡了。我有一个感觉：暴富很可能是不祥之兆。天下诚然也有祥云笼罩的发家史，不过那除了真本事还必须加上好运气，不是单凭人力可以造成的。大量触目惊心的权钱交易案例业已证明，对于金钱的贪欲会使人不顾一切，甚至不要性命。千万不要以为，这些一失足成千古恨的人是天生的坏人。事实上，他们与我们中间许多人的区别只在于，他们恰好处在一个直接面对巨大诱惑的位置上。任何一个人，倘若渴慕奢华的物质生活而不能自制，一旦面临类似的诱惑，都完全可能走上同样的道路。

我丝毫不反对美国的比尔·盖茨们和中国的李嘉诚

们凭借自己的能力，在给人类带来巨大福利的同时，自己也成为富豪。但是，让我们记住，在这个世界上，富豪终究是少数，多数人不论从事的是什么职业，努力的结果充其量也只是小康而已。我知道自己就属于这多数人，并且对此心安理得。“知足常乐”是中国的古训，我认为在金钱的问题上，这句话是对的。以挣钱为目的，挣多少算够了，这个界限无法确定。事实上，凡是以挣钱为目的的人，他永远不会觉得够了，因为富了终归可以更富，一旦走上了这条路，很少有人能够自己停下来。商界的有为之士也并非把金钱当做最终目的，他们另有更高的抱负，不过要坚持这抱负可不容易。我有不少从商的朋友，在我看来，他们的生活是过于热闹、繁忙和复杂了。相比之下，我就更加庆幸我能过一种安静、悠闲、简单的生活。他们有时也会对我的生活表示羡慕，开玩笑要和我交换。当然，他们不是真想换，即使真想换，我也不会答应。如果我做着自己喜欢做的事情，既能从中获得身心的愉快，又能借此保证衣食无忧，那么，即使你出再大的价钱，我也不肯把这么好的生活卖给你。

金钱能带来物质享受，但算不上最高的物质幸福。最高的物质幸福是什么？我赞成一位先哲的见解：对人类社会来说，是和平；对个人来说，是健康。在一个时刻遭受战争和恐怖主义的威胁的世界上，经济再发达又有什么用？如果一个人的生命机能被彻底毁坏了，钱再多又有什么用？所以，我在物质上的最高奢望就是，在一个和平的世界上，有一个健康的身体，过一种小康的日子。在我看来，如果天下绝大多数人都能过上这种日子，那就是一个非常美好的世界了。

2001.7

休闲的时尚

休闲已经成为一种时尚。在今天，如果一个人不是经常地泡酒吧、茶馆或咖啡厅，不是熟门熟路地光顾各种名目的娱乐场所，他基本上可以算是落伍了。还有那些往往设在郊外风景区的度假村，据说服务项目齐全，当然主要是针对男人们而言。为了刺激和满足休闲的需要，一个遍布全国各地的休闲产业正在兴起。

我们的生活曾经十分单调，为谋生而从事的职业性劳动占据了最大比例，剩下的闲暇时间少得可怜。那时候有一句流行的话："不会休息的人就不会工作。"位置摆得很清楚：闲暇时间只是用来休息，而休息又只是为工作服务。现在，对于相当一部分人群来说，情况已经改变。当闲暇时间足够长的时候，它的意义就不只是为职业性劳动恢复和积蓄体力或脑力，而是越来越具有了独立的价值。我们的生活质量不再仅仅取决于我们怎样工作，同时也取决于我们怎样消度闲暇。"休闲"、"消闲"完全是新的生活概念，表明闲暇本身要求用丰富的内容来充实它，这当然是一大进步。

然而，正因为如此，至少我是不愿意把闲暇交给时尚去支配的。在现有社会条件下，多数人的职业选择仍然不可避免地带有一定的强制性，唯有闲暇是能够自由支配的时间。闲暇之可贵，就在于我们在其中可以真正做自己的主人，展现自己的个性。时尚不过是流行的趣味罢了，其实是最没有个性的。在酒吧的幽暗烛光下沉思，在咖啡厅的温馨氛围中约会，也许是很有情调的事情。可是，倘若只是为了情调而无所用心地坐在酒吧和咖啡厅里，消磨掉一个又一个昼夜，我觉得那种生活实在无聊。

作为一种时尚的休闲，本质上是消费行为。平时忙于赚钱，紧张而辛苦，现在花钱买放松、买快乐，当然无可非议。可是，如果闲暇只是用来放松，它便又成了为工作服务的东西，失去了独立的价值。至于说快乐，我始终认为是有档次之分的。追求官能的快乐也没有什么不好，但如果仅限于此，不知心灵的快乐为何物，档次就未免太低。在这意义上，消度闲暇的方式的确表明了一个人的精神品级。

休闲的方式应该是各人不同的，如果雷同就一定是出了问题。“休闲”这个概念本身具有导向性，其实“闲”并非只可用来“休”。清人张潮有言：“能闲世人之所忙者，方能忙世人之所闲。”改用他的话，不妨说，积极的度闲方式是闲自己平时之所忙，从而忙自己平时之所闲。每一个人的生命都蕴藏着多方面的可能性，任何一种职业在最好的情形下也只是实现了某一些可能性，而压抑了其余的可能性。闲暇便提供了一个机会，可以尝试去实现其余的可能性。人是不能绝对地无所事事的，做平时想做而做不了的事，发展自己在职业中发展不了的能力，这本身是莫大的享受。所以，譬如说，一个商人在闲时读书，一个官员在闲时写书，在我看来都是极好的休闲。

2001.6

救世和自救

精神生活的普遍平庸化是我们时代的一个明显事实。这个事实是如此明显，以至于一个人并不需要有多么敏锐的心灵，就可以感受到了。其主要表现是：一、信仰生活的失落。人生缺乏一个精神目标，既无传统的支持，又无理想的引导。尤其可悲的是，人们甚至丧失了对信仰问题的起码认真态度，对之施以哄笑，以无信仰自夸。二、情感生活的缩减。畸形都市化堵塞了人与自然的交感，功利意识扩张导致人与人之间真情淡薄。情感体验失去个性和实质，蜕化为可模仿的雷同的流行歌词和礼品卡语言。三、文化生活的粗鄙。诉诸官能的大众消费文化泛滥，诉诸心灵的严肃文化陷入困境。娱乐性传播媒介冒充为文化主流，绝无文化素养的记者和明星冒充为文化主角，几有席卷天下之势。

毫无疑问，对于这种平庸化现象，凡注重精神生活的人都是持否定和批判的态度的。不过，其中又有区别。据我观察，可分为两大类。

一类人具有强烈的社会责任感，以拯救天下为己任，他们的反应又因性情和观念的差异而有区别。大抵而论，宗教和道德型的人主要表现为愤怒，视这个世道为末世，对之发出正义的谴责乃至神圣的诅咒，欲以此警醒世人，寻回盛世，或者——审判世人，以先知的口吻预言某种末日审判。张承志是当今最典型的代表。理智型的人主要表现为忧虑，视这个世道为乱世，试图规划出某种救世方案，以重建精神生活的秩序，恢复或营造他们心目中的治世。相当一批人文学者正在为此竭精殚虑，摇唇鼓舌。不论愤怒还是忧虑，救世是共同的立场，所以我把两者归作一个类别。

另一类人是比较个人化的知识分子，相对而言，他们没有太直接的入世抱负，而是更加关注自己独立的精神探索和文化创造活动。他们对于作为一种社会现实的精神平庸化过程同样反感，但似乎不像前一类人那样有切肤之痛，如坐针毡，为之寝食不安。由于他们更多地生活在一个相当稳固的属于自己的精神世界里，因而在一定程度上隔膜于或超脱于他们所反感的那种外部变化了。他们的反应主要不是愤怒或忧虑，而更多地表现为一种近乎宽容的淡漠和蔑视。属于这一类的大抵是一些真正迷于艺术的艺术家，真正迷于学术的学者，以及执著于人生和人类根本问题之思索的哲人智者。在这样的人看来，末世论或乱世论似乎都有些危言耸听，这个世道和别的世道没有本质的不同，不过是一个俗世罢了。时代变迁，俗的表现形式相异，或官或商，无精神性则为一。所以，他们始终与俗世保持距离，而把精神上的独立追求和自我完善视为人生在世的安身立命之本。在此意义上，他们的立场可归结为自救。

当然，上述划分只是相对的，毕竟可能有一些个人性和社会性皆很强的知识分子，在他们身上，自救和救世的立场会发生重叠。我无意在这两种立场之间评优劣，以我之见，真诚的救世者和自救者都是宝贵的，我们之缺乏有感召力的传道士和启蒙思想家，一如缺乏埋头于自己园地的耕耘者。不过，就目前而言，说句老实话，我实在听厌了各种名目的文化讨论，从这些热闹中只听出了一种浮躁和空洞。无论是标榜为“新国学”的复古主张，还是以“后现代”名义装饰现状的学术拼贴，事实上都没有提出切实的救世良策，很可能只是成全了个人的一种功利欲望。至于种种关于“文化失落”、“人文精神失落”的喟叹，透出的多是一种焦躁不安的心态。在这种情况下，我宁愿为自救的立场作一辩护，尽管真正的自救者是不需要任何理论上的辩护的。

一个人立志从事精神探索和文化创造的事业，应该是出于自身最内在的精神需要。他在精神生活的范围内几乎一定有很重大的困惑，所以对于他来说，不管世道如何，他都非自救不可，唯自救才有生路。可是，在精神生活与世俗的功利生活之间，他的价值取向是明确而坚定的，不会有任何实质性的困惑。张三不耐贫困，弃文经商，成了大款，李四文人无行，媚俗哗众，成了大腕，这一切与他何干？他自己是在做着他今生今世最想做、不能不做的一件事，只要环境还允许（事实上允许）他做下去，何失落之有？立足于自救的人，他面对外部世界时的心态是平静的。那些面对浮躁世态而自己心态也失衡的人，他们也许救世心切也心诚，但同时我又很怀疑他们自己内心缺乏精神生活的牢固根基，要不何止于如此惶惶不安。

在当今时代，最容易产生失落感的或许是一些有着强烈的精英意识和济世雄心的知识分子。他们想做民众的思想领袖和精神导师，可是商业化大潮把他们冲刷到了社会的边缘地带，抛掷在一个尴尬的位置上。他们是很难自甘寂寞的，因为他们恰好需要一个轰轰烈烈的舞台才能发挥作用。我不认为知识分子应该脱离社会实践，但是，我觉得在中国的知识分子中，精英或想当精英的人太多，而智者太少了。我所说的智者是指那样一种知识分子，他们与时代潮流保持着一定的距离，并不看重事功，而是始终不渝地思考着人类精神生活的基本问题，关注着人类精神生活的基本走向。他们在寂寞中守护圣杯，使之不被汹涌的世俗潮流淹没。我相信，这样的人的存在本身就会对社会进程发生有益的制衡作用。智者是不会有失落感的。领袖无民众不成其领袖，导师无弟子不成其导师，可是，对于智者来说，只要他守护着人类最基本的精神价值，即使天下无一人听他，他仍然是一个智者。

我确实相信，至少在精神生活领域内，自救是更为切实的救世之道。当今之世不像是一个能诞生新救主和新信仰的时代，但这并不妨碍每一个热爱精神文化事业的人在属于自己的领域里从事独立的探索和创造。这样的人多了，时代的精神文化水准自然会提高。遗憾的是，我们拥有许多不甘寂寞的信仰呼唤者、精神呐喊者和文化讨论者，少的是宗教、哲学、艺术上的真信徒甚至真虚无主义者。透底地说，真正精神性的东西是完全独立于时代的，它的根子要深邃得多，植根于人类与大地的某种永恒关系之中。唯有从这个根源中才能生长出天才和精神杰作，他（它）们不属于时代，而时代将跟随他（它）们。当然，一个人是否天才，能否创造出精神杰作，这是无把握的，其实也是不重要的。重要的是不失去与这个永恒源泉的联系，如果这样，他就一定会怀有与罗曼·罗兰同样的信念："这里无所谓精神的死亡或新生，因为它的光明从未消失，它只是熄隐了又在别处重新闪耀而已。"于是他就不会在任何世道下悲观失望了，因为他知道，人类精神生活作为一个整体从未也决不会中断，而他的看来似乎孤独的精神旅程便属于这个整体，没有任何力量能使之泯灭。

1994.8

"天人合一"与生态学

九十年代以来，国学好像又成了显学。而在国学热中，有一个概念赫然高悬，众望所归，这便是"天人合一"。在一些人嘴里，它简直是新福音，用它可以解决当今人类所面临的几乎一切重大难题。其最旗帜鲜明者甚至断言，唯"天人合一"才能拯救人类，舍此别无出路。按照他们的解释，西方文化的要害在于天人相分乃至对立，由此导致人性异化和生态危机，殊不知完备的人性理论和生态哲学在中国古已有之，"天人合一"便是，它的威力足以引导人类重建内心的和外部的和谐。

我的印象是，鼓吹者们一方面大大缩小了中国哲学的内涵，儒道佛一锅煮，最后熬剩下了"天人合一"这一点儿浓汁，另一方面又大大扩展了"天人合一"的内涵，使这一点儿浓汁囊括了一切有益成分，于是有了包治百病的神效。

"天人合一"原是一种儒家学说，把道家的"物我两忘"、禅宗的"见性成佛"硬塞入"天人合一"的模子里，未免牛头不对马嘴。即使儒家学说也不能归结为“天人合一”，“天人合一”仅是儒家在人与宇宙之关系问题上的一种较有代表性的观点。关于“天人合一”的含义，我认为张岱年先生在《中国哲学大纲》中的归纳最为准确，即一是滥觞于孟子、流布于宋儒的天人相通思想，二是董仲舒的天人相类思想。其中，后者纯属牵强附会的无稽之谈。前者主张人的心性与宇宙的本质相通，因而人借内省或良知即可知天道，这基本上属于认识论的范畴，我们自可对之作学理的探讨，却没有理由无限地扩大其涵义和夸大其价值。事实上，在西方哲学中也不乏类似的思想，例如柏拉图的回忆说、笛卡儿的天赋观念说，可是人家并没有从中寻找什么新福音，相反倒是挖掘出了西方文明危机的根源。

把“天人合一”解释成人与自然的和谐相处，又进一步解释成一种生态哲学，这已经成为国学新时髦。最近看到一本书，是美国科学家和学术活动家普里迈克写的《保护生物学概论》，译成中文洋洋五十多万字，对生态保护的一个重要方面即生物多样性保护的问题作了系统的研究和论述。我一面翻看这本书，一面想起某些国人欲靠“天人合一”解救世界生态危机的雄心，不禁感到啼笑皆非。当然，学有专攻，我们不能要求研究中国哲学的学者精通生态学，但我们也许有权要求一切学者尊重科学，承认环境保护也是科学，而不要在一种望文生义的“天人合一”境界中飘飘然自我陶醉。

1997.8

现代技术的危险何在？

现代技术正在以令人瞠目的速度发展，不断创造出令人瞠目的奇迹。人们奔走相告：数字化生存来了，克隆来了……接下来还会有什么东西来了？尽管难以预料，但一切都是可能的，现代技术似乎没有什么事情是它办不到的。面对这个无所不能的怪兽，人们兴奋而又不安，欢呼声和谴责声此起彼伏，而它对这一切置若罔闻，依然迈着它的目空一切的有力步伐。

按照通常的看法，技术无非是人为了自己的目的而改变事物的手段，手段本身无所谓好坏，它之造福还是为祸，取决于人出于什么目的来发明和运用它。乐观论者相信，人有能力用道德约束自己的目的，控制技术的后果，使之造福人类，悲观论者则对人的道德能力不抱信心。仿佛全部问题在于人性的善恶，由此而导致技术服务于善的目的还是恶的目的。然而，有一位哲学家，他越出了这一通常的思路，在五十年代初便从现代技术的早期演进中看到了真正的危险所在，向技术的本质发出了追问。

在海德格尔看来，技术不仅仅是手段，更是一种人与世界之关系的构造方式。在技术的视野里，一切事物都只是材料，都缩减为某种可以满足人的需要的功能。技术从来就是这样的东西，不过，在过去的时代，技术的方式只占据非常次要的地位，人与世界的关系主要是一种非技术的、自然的关系。对于我们的祖先来说，大地是化育万物的母亲，他们怀着感激的心情接受土地的赠礼，守护存在的秘密。现代的特点在于技术几乎成了唯一的方式，实现了“对整个地球的无条件统治”，因而可以用技术来命名时代，例如原子能时代、电子时代等等。现代人用技术的眼光看一切，神话、艺术、历史、宗教和朴素自然主义的视野趋于消失。在现代技术的统治下，自然万物都失去了自身的丰富性和本源性，仅仅成了能量的提供者。譬如说，大地不复是母亲，而只是任人开发的矿床和地产；畜禽不复是独立的生命和人类的伙伴，而只是食品厂的原料；河流不复是自然的风景和民族的摇篮，而只是水压的供应者。海德格尔曾经为莱茵河鸣不平，因为当人们在河上建造发电厂之时，事实上是把莱茵河建造到了发电厂里，使它成了发电厂的一个部件。那么，想一想我们的长江和黄河吧，在现代技术的视野中，它们岂不也只是发电厂的巨大部件，它们的自然本性和悠久历史何尝有一席位置？

现代技术的真正危险并不在于诸如原子弹爆炸之类可见的后果，而在于它的本质中业已包含着的这种对待事物的方式，它剥夺了一切事物的真实存在和自身价值，使之只剩下功能化的虚假存在。这种方式必定在人身上实行报复，在技术过程中，人的个性差别和价值也不复存在，一切人都变成了执行某种功能的技术人员。事情不止于此，人甚至还成了有朝一日可以按计划制造的“人力物质”。不管幸运还是不幸，海德格尔活着时赶上了人工授精之类的发明，化学家们已经预言人工合成生命的时代即将来临，他对此评论道：“对人的生命和本质的进攻已在准备之中，与之相比较，氢弹的爆炸也算不了什么了。”现代技术“早在原子弹爆炸之前就毁灭了事物本身”。总之，人和自然事物两方面都丧失了自身的本质，如同里尔克在一封信中所说的，事物成了“虚假的事物”，人的生活只剩下了“生活的假象”。

技术本质在现代的统治是全面的，它占领了一切存在领域，也包括文化领域。在过去的时代，学者都是博学通才，有着自己的个性和广泛兴趣，现在这样的学者消失了，被分工严密的专家即技术人员所取代。在文学史专家的眼里，历史上的一切伟大文学作品都只是有待从语法、词源学、比较语言史、文体学、诗学等角度去解释的对象，即所谓文学，失去了自身的实质。艺术作品也不复是它们本身所是的作品，而成了收藏、展览、销售、评论、研究等各种活动的对象，海德格尔问道："然而，在这种种活动中，我们遇到作品本身了吗?"海德格尔还注意到了当时已经出现的信息理论和电脑技术，并且尖锐地指出，把语言对象化为信息工具的结果将是语言机器对人的控制。

既然现代技术的危险在于人与世界之关系的错误建构，那么，如果不改变这种建构，仅仅克服技术的某些不良后果，真正的危险就仍未消除。出路在哪里呢？有一个事实看来是毋庸置疑的：没有任何力量能够阻止现代技术发展的步伐，人类也决不可能放弃已经获得的技术文明而复归田园生活。其实，被讥为"黑森林的浪漫主义者"的海德格尔也不存此种幻想。综观他的思路，我们可以看出，虽然现代技术的危险包含在技术的本质之中，但是，技术的方式之成为人类主导的乃至唯一的生存方式却好像并不具有必然性。也许出路就在这里。我们是否可以在保留技术的视野的同时，再度找回其他的视野呢？如果说技术的方式根源于传统的形而上学，在计算性思维中遗忘了存在，那么，我们能否从那些歌吟家园的诗人那里受到启示，在冥想性思维中重新感悟存在？当然，这条出路未免抽象而渺茫，人类的命运仍在未定之中。于是我们便可以理解，为何海德格尔留下的最后手迹竟是一个没有答案的问题——“在技术化的千篇一律的世界文明的时代中，是否和如何还能有家园？”

1997. 11

医学的人文品格

一

现代人是越来越离不开医院了。从前，人在土地上生息，得了病也只是听天由命，顺其自然。现在，生老病死，每一环节几乎都与医院难解难分。我们在医院里诞生，从此常常出入其中，年老时去得更勤，最后还往往是在医院里告别人世。在我们的生活中，医院、医生、医学占据了太重要的位置。

然而，医院带给我们的美好回忆却是如此稀少。女人分娩，病人求医，老人临终，都是生命中最脆弱的时刻，最需要人性的温暖。可是，在医院里，我们很少感觉到这种温暖。尤其在今日中国的许多医院里，我们感觉到的更多是世态炎凉，人心冷漠。可以毫不夸张地说，医院如今是最令人望而生畏的地方之一。

一个问题使我困惑良久：以拯救生命为使命的医学，为什么如此缺少抚慰生命的善意？没有抚慰的善意，能有拯救的诚意吗？

正是在这困惑中，甚至困惑已经变成了愤慨、愤慨已经变成了无奈和淡漠的时候，我读到了刘易斯·托马斯所著《最年轻的科学——观察科学的札记》一书，真有荒漠遇甘泉之感。托马斯是美国著名的医学家和医生，已于1993年病故。在他写的这本自传性著作中，我见识了一个真正杰出的医生，他不但有学术上和医术上的造诣，而且有深刻的睿智、广阔的人文视野和丰富的同情心。诺贝尔物理奖得主费因曼尝言，科学这把钥匙既可开启天堂大门，也可开启地狱大门，究竟打开哪扇门，则有赖于人文指导。我相信，医学要能真正造福人类，也必须具备人文品格。当然，医学的人文品格是由那些研究和运用它的人赋予它的，也就是说，前提是要拥有许多像托马斯这样的具备人文素养的医学家和医生。托马斯倡导和率先实施了医学和哲学博士双学位教育计划，正显示了他在这方面的眼光。

二

在这本书里，托马斯依据亲身经历回顾了医学发展的历史。他不在乎什么职业秘密，非常诚实地告诉我们，直到他青年时代学医时为止，医学在治疗方面是完全无知的，唯一的本领是给病人吃治不好也治不坏的安慰剂，其效力相当于宗教仪式中的符咒。最高明的医生也不过是善于判断病的名称和解释病的后果罢了。一种病无论后果好坏，医生都无法改变它的行程，只能让它自己走完它的行程。医学之真正能够医治疾病，变得名副其实起来，是 1937 年发明了磺胺药以后的事情。在此意义上，托马斯称医学为“最年轻的科学”。

从那以来，人类拥有了越来越多的从前无法想象的治疗技术。作为一个科学家，托马斯对技术的进步持充分肯定的态度。但是，同时他认为，代价是巨大的，这代价便是医疗方式的“非人化”，医生和病人之间的亲密关系一去不返了。譬如说，触摸和谈话曾是医生的两件法宝，虽无真正的医疗作用，但病人却借之得到了安慰和信心。现在，医生不再需要把自己的手放到病人的身体上，也不再有兴趣和工夫与病人谈话了。取而代之的是各种复杂的机器，它们横在医生和病人之间，把两者的距离越拉越大。住院病人仿佛不再是人，而只成了一个号码。在医院这个迷宫里，他们随时有迷失的危险，不知什么时候会被放在担架上推到一个不该去的地方。托马斯懂得，技术再发达，病人仍然需要医生那种给人以希望的温柔的触摸，那种无所不包的从容的长谈，但他知道要保留这些是一件难事，在今天唯有“最好的医生”才能做到。“最好的医生”——他正是这么说的。我敢断定，倘若他不是一个公认的医学权威，他的同行一定会对他的标准哗然了。这没有什么可奇怪的，因为制定这标准的那种神圣感情在今天已经成了人们最陌生的东西。

托马斯还有别的怪论也会令他的同行蹙额。譬如说，他好像对医生自己不患重病感到遗憾。从前，患重病是很普遍的事情，医生也不能幸免。现在，由于医学的进步，这种机会大为减少了。问题在于，没有亲身经历，医生很难知道做病人的感觉。他不知道病人受疾病袭击时的痛苦，面临生命危险时的悲伤，对于爱抚和同情的渴望。他很容易不把病人当做一个真实的人，而只当作一个抽象的疾病标本，一个应用他从教科书上学来的知识的对象。生病是一种特别的个人经历，有助于加深一个人对生命、苦难、死亡的体验。一个自己有过患重病经历的医生，往往是更富有人性的。所以，托马斯半开玩笑地建议，既然现在最有机会使人体会生病滋味的只有感冒了，在清除人类其他疾病的进程中，就把感冒保留下来吧，把它塞进医学生的课程表里，让他们每年两次处在患流感并且受不到照顾的境地，这对他们今后做人和做医生都有好处。

很显然，在托马斯看来，人生体悟和人道精神应是医生的必备品质，其重要性至少不在医术之下。其实道理很简单，医生自己必须是一个人性丰满的人，他才可能把病人看做一个人而不只是疾病的一个载体。

三

托马斯毕生从医，但他谈论起医学之外的事情来也充满智慧。我只举两个例子。

其一是关于电脑。他说，人脑与电脑的区别有二，一是容易遗忘，二是容易出错。这看起来是缺点，其实是优点。遗忘是自动发生的，这使我们可以不费力气就把多余的信息清除出去，给不期而至的好思想腾出空间。倘若没有这样的空间，好思想就会因为找不到栖息地而又飞向黑暗之中。让关系出错更是人脑的一个美妙天赋，靠了它我们往往会有意外的发现，在没有关联之处邂逅崭新的思想。这两个区别说明了同一件事，便是电脑的本领仅到信息为止，人脑的本领却是要让信息导致思想。电脑的本领常常使人惊奇，这很可能使一般人得出电脑胜于人脑的结论，但托马斯却从自己的惊奇中看到了人的优越，因为电脑没有惊奇的能力。

第二个例子是他对女性的评价。他非常感谢女性在幼儿教育方面的贡献，认为这是她们给予文明的厚礼，证明了她们才是记录和传递文化基础的功臣。由于女性对儿童的天然喜爱和理解，她们是更善于开启年幼的头脑的。他还看到，女性虽然容易为生活中的小事和事物的外表烦恼，但是面对极其重大的事情却十分沉着。形象地说，女性的头脑只是外部多变，其中枢却相当稳定。相比之下，男性的那个深处中枢始终是不成熟的，需要不断地重新定向。因此，托马斯相信，在涉及人类命运的大事上，女性是更值得信任的。

这两个例子都表明，托马斯对于人性有多么亲切的理解。人脑优于电脑、女性优于男性的地方，不都是在于人性么？我们不妨说，与女性相比，男性的抽象头脑更像是一种电脑。写到这里，我忍不住还要提一下托马斯的另一个感想，它也许能帮助我们猜测他的智慧的源头。作为一个医生，他有许多机会通过仪器看见自己的体内。然而，他说，他并不因此感到与自己更靠近了，相反觉得距离更远，更有了两重性。那个真正的“我”并不在这些松软的构件中，其间并没有一个可以安顿“我”的中心，它们自己管理着自己，而“我”是一个局外人。托马斯所谈到的这个与肉体判然有别的“我”，除了称之为灵魂，我们就无以名之。不难想见，一个有这样强烈的灵魂感觉的人，当然会对人性的高贵和神秘怀着敬意，不可能陷入技术的狂热之中。

四

我们不可能要求每一个医生都具备托马斯这样的人文素养，这是不现实的，甚至也是不必要的。但是，中国当今的医疗腐败已经到了令绝大多数人忍无可忍的地步，凡是不享有特权的普通人，在这方面都一定有惨痛或沮丧的经验。人们之恐惧在医院里受到非人道的待遇，已甚于对疾病本身的恐惧。这就使得医学的人文品格之话题有了极大的迫切性。

毫无疑问，医疗腐败仅是社会腐败的一个组成部分，因而其整治有赖于整个社会状况的改善。但是，由于它直接关系到每一个人的生死安危，医疗权利实质上就是生存权利，所以有理由得到特别的关注。问题的解决无非是从两方面入手，一是他律，包括医生资格的从严审定，有关医生责任和病人权利的立法，医疗事故的公正鉴定和制裁等等，另一是自律，即医生的人文素养和道德水准的提高。

在我与医院打交道的经历中，有一个现象令我非常吃惊，便是一些很年轻的从医学院毕业不久的医生，显得比年长的医生更加冷漠、无所谓和不负责任。有一回，我的怀孕的妻子发热到40度，住进我家附近的一所医院。因为青霉素皮试过敏，那个值班的年轻女医生便一筹莫展，入院数小时未采取任何治疗措施。征得她的同意，我通过电话向一家大医院求援，试图从那里得到某种批号的青霉素，我的妻子当天上午曾在那家医院注射过这种批号的青霉素，已被证明不会引起过敏。可是，我的联系很快被这个女医生制止了，理由竟是这会增加她们科的电话费支出。面对高热不退的妻子和吉凶未卜的胎儿，我心急如焚，这理由如此荒唐，使我无法置信，以至于说不出话来。我只好要求出院而去那家离家较远的大医院，谁知这个女医生听罢，白了我一眼，就不知去向了。剩下若干同样年轻的医生，皆作壁上观，对我的焦急的请求一律不予理睬。在走投无路的情况下，我不得不说出类似情形使我失去一个女儿的遭遇，这才得以办成出院手续。

记载我的丧女经历的《妞妞》一书拥有许多读者，而这些年轻的医生都不曾听说过，对此我没有什么好指责的。我感到寒心的是，虽然他们名义上也是知识分子，我却觉得自己是面对着一群野蛮人。直觉告诉我，他们是没有真正意义上的读书生活的，因而我无法用我熟悉的语言对他们说话。托马斯谈到，他上大学时在一家医院实习，看见一位年轻医生为一个病人的死亡而哭泣，死亡的原因不是医疗事故而只是医学的无能，于是对这家医院肃然起敬。爱心和医德不是孤立之物，而是在深厚的人文土壤上培育出来的。在这方面，我们的医学院肯定存在着严重的缺陷。我只能期望，有一天，在我们的医学院培养出的医生中，多一些有良知和教养的真正的知识分子，少一些穿白大褂的蒙昧人。

1998.11